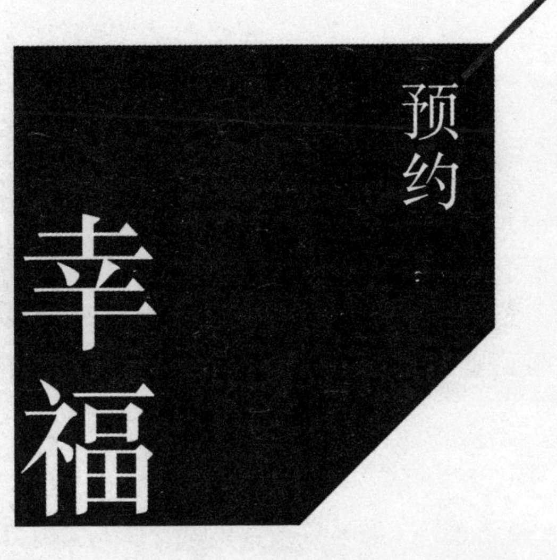

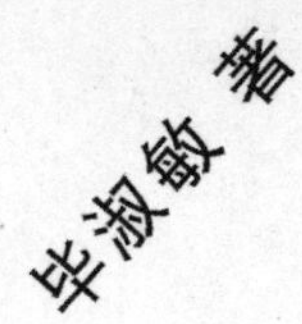

CNS PUBLISHING & MEDIA
湖南文艺出版社
HUNAN LITERATURE AND ART PUBLISHING HOUSE
博集天卷
CS-BOOKY

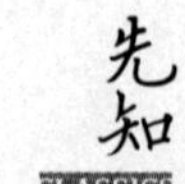

体味经典的重量

散文卷再版序

我是从当医生开始频繁地使用文字，那时每日要写病历和死亡报告等医疗文书。那种文字必定是客观、安静、恭谨与精确的描述。文字的应用，说简单，真是再家常不过了。你可以没有一寸土地，没有一颗粮食，但你依然可以拥有语言和文字。书写这件事的最低要求，是要让别人明白你的意思。高一些的要求，是要把你的意思说得尽可能引人共鸣。这是尚未过时的需要苦修的教养，是一个人思维本质的外化。如同习武之人对剑技和刀法的淬炼，你得日日潜心钻研。

多年前，我在北京郊区的农村买了几间小房，院子空荡荡，有野鼠出没（常常希望有狐，可惜没见过）。到了初春，植树节后，我从苗圃买回两棵梧桐树。它们，光秃秃的，又细又轻，不见一丝绿意，活像搭蚊帐的旧竹竿。我挖了宽敞的坑将它们的根须埋下，底部还施了从集市买来的麻酱渣。我先生说，这地方咱也没有产权，人家说不定哪天就收回去了，似不必如此上心。我说，就算人家把房子收了，这树也依然会生长。我们还是善待它们吧。

我以前知道法国梧桐叫悬铃木，觉得起这名字的人富有想象力和诗意。待自己植了这树，才发现它们的果实真是太像悬挂的小铃了。再呆笨的人，也会让它们拥有这个名字。不知道是不是我那两桶麻酱渣滓的效力，梧桐树发愤图强努力长大，几年的工夫，已经有四层楼高了，皮青如翠，叶缺如花。阔大的叶子像相思的巨手，每晚都在风中傻呵呵地为自己鼓掌。秋天的时候，它们会结出圣诞铃铛般的果实，自得其乐地晃荡着，发出我们听不见的叮当之响。阳光透过叶子抛洒在地面上，红砖漫砌的地就被染上点点湿绿，重叠成深沉的暗咖色。我懊恼地想，早知道梧桐绿得这样狠，不如当初垫了灰蓝的砖，索性让它们碧成一坨，比如今这般缠丝玛瑙似的绞着好。

突然，我看到头顶的斑驳中有一只清爽的鸟，在绿叶中跳跃，好像在和另外一只鸟捉迷藏。细细看去，其实并没有另外一只鸟，它是单身。但如果没有另外一只鸟，它如此执着地在我家悬铃木上钻来掠去，是何用意呢？想起“却是梧桐且栽取，丹山相次凤凰来”，莫非凤或凰的雏鸟被我家的梧桐引了来？成年的它们是绚彩的，不知幼小时也曾披过素衣？

人无法猜透一只鸟的心思，就像我们无法洞彻人生。不像梧桐是先知先觉的，它和秋天有秘密的联络孔道。要不，怎么会“梧桐一叶落，天下皆知秋”呢。

好几天，那鸟不辞劳苦地穿行于我家的悬铃木间，看得出它更属意东面的那一棵。我现在已经辨认出它是一只喜鹊，不是那种灰头土脸、吃松毛虫的小个子灰喜鹊，而是眉清目秀、黑白相间的长尾巴花喜鹊。

它来我家的时候，像一架民航货机，滞重迟缓载着货物；飞离的时候就一身轻松，活泼轻快，赶路匆匆。它确实是有伴的——另一只花喜鹊，黑和白的部分似乎均比早先这一只更大更鲜明，许是一只雄鸟吧。当我确认它们是一家之后，也就知道了它们的用意。两只喜鹊每天辛辛苦苦地衔来各色树枝，是要在悬铃木上搭一巢穴，迎接新生命的降生。

一只喜鹊窝，要搭建多少枝条？要衔来多少草梗？要倾注多少气力？要呕沥多少心血？要耗费多少光阴……

听到我自言自语，路过的原住民老婆婆说，喜鹊选搭窝的地方时可心细呢。天上头要没有北风，地下面要没有凶兆，远处要没有打扰，近处要没有响动……最用心的窝，喜鹊要啄下身上的羽毛，铺垫得暖暖和和，小喜鹊孵出来后才活蹦乱跳。

我没见过自拔胸羽的喜鹊，这两只鸟好像也没有这般忘我。但我不得不信老婆婆的话。她说这些话的时候，摇晃着满头坚硬的白发，配着漆黑的旧衫，目若朗星。我疑心她在以往的哪一辈子曾做过鹊妖。

等着听小喜鹊叫吧。早报喜，晚报财，不早不晚报客来。她胸有成竹地说，好像未来的小喜鹊是她派往我家的儿童团。

为了节省喜鹊夫妇的时间，我约莫了一下它们搭巢所需建材的长短，捡了一堆草梗和树枝放在院子里，期望它们就地取材。但喜鹊夫妇胸中自有拟好了的蓝图，有我们不知的选材标准，对此视而不见，依然辛辛苦苦地到远处去衔枝。它们不屑。

鹊巢终于搭好了，小喜鹊在这里降生，一窝又一窝。

在两棵梧桐树和喜鹊家族的陪伴下，我写下了收入这套文集散文卷中的很多作品。我用时间的树枝搭起了这个文字的喜鹊窝。喜鹊本是单调的凡鸟，只有黑白两色，全无时尚的外观。它的窝也是粗糙和朴素的，甚至有一点儿边设计边施工的乱七八糟。不过，我在这个窝中垫入了一缕缕羽毛，它们来自我沧桑的岁月和我温热的心房。

毕淑敏

2012年7月27日

目录

研究真诚

过了国庆，过了中秋节，心理学研究生班课堂，大家有一种久别重逢的亲切感，掺着节后的倦怠。

老师让大家谈谈过节的感受。冷了一会儿场，不知道大家是怎么想的，我的感觉是很突兀。我们习惯于默默无闻地过节，被人猛地一问，有些不知所措。

零星有人举手，大概是怕老师尴尬吧。先回答的人，都说节无新意，有的简直可以说在叹息——过节就是过节呗，和以往的节没啥不同的……节很累，系上围裙炒菜，解了围裙洗衣，节是给别人过的。

老师微笑说：“‘节是谁的’这话倒是很有点意思的，留待我们以后再详加讨论，我们还是说这个节日吧。我有些奇怪的是，大陆为什么中秋节不放假[1]呢？在华人世界，这是一个仅次于春节的大节日啊！节日要过得有趣才有纪念意义。比如我认识的一家人，过节也不给小孩子买新衣服，也不吃好东西，这样的节日真是过不过的没什么差别了。”

大家就笑起来。

一笑，气氛就活跃些了，有同学小声说：“过节我回家了，可是在家里待着，好像没有在同学们之间舒服。”

这话引起了一些人心底的共鸣。因为在这个班级里，充满了温暖的气氛，但外面的世界依旧沿着落满灰尘的轨道盘旋，于是我们成了在两个世界间游走的贝壳，冷暖自知，难以言说。

今天的正课是研究“真诚”。这是一个古老的话题了，但近年来受到了大挑战，“真诚”成了“愚蠢”的代名词。

我个人很喜欢“真诚”这个词，喜欢它的光明和干净。

词是有自己的属性的，比如“猥琐”一词，你一看到它，就觉得自己身上发霉、糊满蟑螂。“甜蜜”这个词则让人好似被蜂王浆噎了一嗓子，甜得憋气。“真诚”有一种岩石般的纹理和坚定，不风化，不流失，不油腻，爽洁清晰，反射着钢蓝色的金属光泽。

焦点集中在——真诚是一种方式还是一种境界？真诚有没有层次的分别？

有同学问了老师一个极富挑战性的问题——您是很真诚的，

① 从2007年开始我国中秋节作为法定假日，2008年正式实施。

但有没有人说过您虚伪？在当代大学生里，好像流行着一种说法，真诚是一种更狡猾的虚伪。

课堂内一时很寂静。我看到老师的眸子快速向右上方移动，知道她在郑重思考。片刻之后，老师说：“没有，没有人说过我虚伪。起码是当面没有人这样说。至于背后是怎样说的，我不知道。它不在我的关心范围之内。”

老师启发道：“一个小孩子，对一个成人说，你身上真臭啊。然后又对别人说，那个阿姨身上有一种臭味。这事真不真呢？肯定是真的，但这是一种低级水平的真诚。真诚是有讲究的。”

我举手，获准后发言。我说，我喜爱真诚。我的很多朋友也这样评价我。很多人用他们自己的视角来看世界，以为凡是真诚的人就无法幸福地生活，必然会被世俗的车轮碾得粉身碎骨，即使不粉碎也遍体鳞伤，甚至顺水推舟，演变成因为你事业成功和家庭完整，又有良好的人际关系，所以你必然是虚伪的。

我以为，真诚是一种勇敢坦诚的生活态度，它是我们思想和行动的出发点和归宿。真诚不虚张声势、狐假虎威。它似乎因清澈透明而软弱无力，但它其实是强韧而富有弹性的，使我们简洁明快、干爽清正。

真诚是一门艺术，有一个执行的秩序，这就是真善美。真诚可以分解为真实和坦诚，它本身是很有力量的，起码比虚伪有力量，不怕对证盘查，经得起推敲和考验……

但仅仅有真实是很不够的。真实的出发点可以是完全不考虑他人的感受、不看全局、不从长远出发，单纯的真实使用不当，会具有事与愿违的杀伤力。加上了“善”这个缰绳，真就升华了，不再是本真，而有了一种更全面更伟大的品格。至于“美”，我觉得是怎样更精彩地表达我们的真实。一种长袖善舞，一种大象无形……

教室内一时鸦雀无声。我从这种寂静中，感到声援和赞成。

老师总结道：“真诚是有层次的，可以分成建设性的和破坏性的两种。愿每个人从此都更多更丰富地向这个并不美好的世界，贡献我们建设性的真诚。”

拍卖你的生涯

朋友参加过一堂很别致的讲座，对我详细地描绘了一番。

讲座叫做《拍卖你的生涯》。外籍老师发给每人一张纸，其上打印着数十行字。

1. 豪宅
2. 巨富
3. 一张取之不尽、用之不竭的信用卡
4. 美貌贤惠的妻子或英俊博学的丈夫
5. 一门精湛的技艺
6. 一座小岛
7. 一座宏大的图书馆

8. 和你的情人浪迹天涯

9. 一个勤劳忠诚的仆人

10. 三五个知心朋友

11. 一份价值50万美元并每年可获得25%纯利收入的股票

12. 名垂青史

13. 一张免费旅游世界的机票

14. 和家人共度周末

15. 直言不讳的勇敢和百折不挠的真诚

……

大家先是愣愣地看着这些项目，之后交头接耳地笑，感觉甚好。本来嘛，全世界的美事和优良品质差不多都集中在此了。

老师拿起一只小锤子，轻敲讲台，蜂房般的教室寂静下来。老师说（他能讲不很普通的普通话）：“我手里是一只旧锤子，但今天它有某种权威——暂时充当拍卖锤。我要拍卖的东西，就是在座诸位的生涯。”

课堂顿起混乱。生涯？一个叫人生出沧桑和迷茫的词语。我们大致明白什么是生存，什么是生活，但很不清楚什么是生涯。我们只是一天天随波逐流地过着，也许70岁的时候才恍然大悟，生涯已在朦胧中渐近尾声了。

老师说：“一个人的生涯，就是你人生的追求和事业。它可以掌握在你自己手中。性格就是命运。生涯从属于你的价值观。通常当人们谈到生涯的时候，总觉得有太多的不可把握性埋藏在未知中。其实它并非想象中那般神秘莫测。今天，我想通过这个游戏，让大家比较清晰地看到自己的爱好，预测自己的生涯。”

大家听明白了，好奇地跃跃欲试。

我相信在每一个成人的内心深处，都潜伏着一个爱做游戏的天真孩童，只不过随着时光流逝，蒙上了世故的尘土。

成年以后的我们，远离游戏，以为那是幼稚可笑的玩闹。其实好的游戏，具有启蒙人的智慧，通达人的思维，启迪人的感悟，让人反省的力量。当我们做游戏的时候，就更接近了真我。

老师说：“我现在象征性地发给每人1000元钱，代表你一生的时间和精力。我会把这张纸上所列的诸项境况裁成片，一一举起，这就等于开始了拍卖。你们可以用自己手中的积蓄购买这些可能性。100元钱起叫，欢迎竞价。当我连喊三次，无人再出高价的时候，锤子就会落下，这项生涯就属于你了。注意，我说的是可能性，并非是真正的事实。它的意思就是——你用999元竞得了豪宅，但并不等于你真的拥有了仙境般的别墅，只是说你将穷尽一生的精力来为自己争取。相信只要你竭尽全力，把目标当成整个生涯的支撑点，实现的可能性甚大。”

教室里的气氛，骚动之后有些沉重。这游戏的分量举轻若重，它把我们人生的繁杂目的约分并形象化了——拼此一生，你到底要什么？

老师举起了第一项拍卖品——拥有一座小岛。起价100元。

全场寂静。一座小岛？它在哪里？南半球还是北半球？大西洋还是太平洋？面积多少？人口多少？有无石油和珊瑚礁？风光怎样？

疑声四起，大家迫切希望老师提供更详尽的资料，关于那座小岛，关于风土人情。老师一脸肃然，坚定地举着那个纸片，拒绝做更进一步的解说。

于是，我们明白了。小岛，就是小小的、普普通通的一座无名岛。你愿不愿以一生作赌，去赢得这块海洋中的绿地？

终于，一个平日最爱探险、充满生命活力的女生大声地喊出了第一个竞价——我出200！

一个男生几乎是下意识地报出：500！他的心思在那一瞬很简单，买下荒凉岛屿这样的事就该是男子汉干的。

但那名个子不高、意志顽强的女生志在必得，她涨红着脸，一下子喊出了……1000！

这是天价了。每个人只有1000元钱的贮备，也就是说，她已下定以毕生的精力赢得这座小岛的决心，别的人只有望洋兴叹了。

那个男生有些悻悻地说："竞价应该一点点攀升，比如她要出600，我喊700……这样也可给别人一个机会。"

老师淡然一笑说："我们只是象征性地拍卖，所以可能不合规矩。大家要记住，生涯也如战场，假如你已坚定地确认了自己的目标，就紧紧锁定它。机遇仿佛闪电。"

大家明白了竞争的激烈，肃静中有了潜藏的紧迫感和若隐若现的敌意。

拍卖的第二项是美貌贤惠的妻子或英俊博学的丈夫。

我原以为此项会导致激烈的竞拍，没想到一时门可罗雀，也许因为它太传统和古板。被其他更刺激的生涯吸引，大伙儿不愿在刚开场不久就把自己的一生交付伴侣的怀抱。好在和美的家庭终对人有不衰的吸引力，在竞争不激烈的情形下，被一位性情温和的男子以700元买去。

我把指关节攥得紧紧，如果真有一沓钞票，大概会滴下浑浊的水来。到底用这唯一的机会买回怎样的生涯？扒拉一下诸样选择，自己属意的栏目有限，和同志们所见略同也说不准。定谋贵决，一旦确立了自己的真爱，便要直捣黄龙，万不可游移吝惜。要知道，拍的过程水涨船高步步为营。倘稍一迟缓，被他人横刀夺爱，就悔之莫及了。

拍到“取之不尽、用之不竭的信用卡”时，引起空前激烈的争抢。聪明人已发现，所列的诸项某些外延是交叉的，可互相替代。有同学小声嘀咕，有了信用卡，巨富不巨富的也不吃紧了，想干什么，还不如探囊取物？于是信用卡成了最具弹性和热度的饽饽。一时群情激昂，最后被一奋勇女将自重围中掳走。

其后的诸项拍卖，险象环生。有些简直可以说是个人价值取向甚至秘密的大曝光。一位众人眼中极腼腆内向的男同学，取走了免费旅游世界的机票，让人刮目相看。一位正在离婚风波中的女子选择了和情人浪迹天涯，于是有人暗中揣测，她是否已有了意中人？一位手脚麻利、助人为乐的同学，居然选了勤快忠诚的仆人，让全体大跌眼镜。细一琢磨，可能他总当一个勤快人已经厌烦，但又无力摆脱这约定俗成的形象，出于补偿的心理，干脆倾其所有买下对另一个人的指挥权吧。一旦咀嚼出这选择背后的意味，旁观者就有些许心酸。

一位爱喝酒的同人一锤定音买下了“三五个知心朋友”，让我在想象中立即狠狠掴了自己一掌。从前，我劝过他不要喝那么多的酒，他笑说：“我喜欢和朋友在一起。”我不死心，便再劝，他却一直不改。此番看了他的选择，我方晓得朋友在他的心中如此重要。我决定，该闭嘴时就闭嘴吧。

光顾了看别人的收成，差点耽误了自己地里的活计。同桌悄悄问：“你到底打算买何种生涯？”

我说：“没拿定主意啊。我想要那座图书馆。”

同桌说：“傻了不是？我看你不妨要那份价值50万美元且年年递增25%的股票，要知道这可是一只会下金蛋的火鸡。只要有了钱，什么图书馆置办不出来呢？你要把图书馆换成别的资产就很困难了。如今信息时代，资料都储藏在光盘里，整个大英博物馆也不过是若干张碟的事。图书馆是落后的工业时代的遗物了……”

他话还没说完，老师举起了新的一张卡片。他见利忘友，立刻抛开我，大喊了一声：“嘿，这个我要定了。1000！”

我定睛一看，他倾囊而出购买回来的是一门精湛的技艺。

我窃笑道：“你这才是游牧时代的遗物呢，整个一小农经济。”

他很认真地说：“我总记着老爸的话，家有千金，不如一技在身。”

我暗笑，哈，人啊，真是环境的产物。

好了，不管他人瓦上霜了，还是扫自己门前雪吧。同桌的话也不无道理。有了足够的钱，当然可以买下图书馆或是任何光碟。但你没有这些钱之前，你就干瞪眼。钱在前，还是图书馆在前，两者便有了原则的不同。我愿自己在两鬓油黑、耳聪目明之时，就拥有一座窗明几净、汗牛充栋、庭院深深、斗拱飞檐的图书馆。再说，光碟和图书馆哪能同日而语？我不仅想看到那些古往今来的智慧头脑留下的珍珠，还喜欢那种静谧幽深的空间和气氛，让弥漫在阳光中的纸张味道鼓胀自己的肺……这些，用钱买来的新书和光碟仿得出来吗？

正这样想着，老师举起了“图书馆”，我也学同桌，破釜沉舟地大喊了一声：“1000！”

于是，宏大的图书馆就落到了我的手中。那一刻，虽明知是个模拟的游戏，心中还是扩散起喜悦的涟漪。

拍卖一项项进行下去，场上气氛热烈。我没有参加过实战，不知真正的拍卖是怎样的程序，但这一游戏对大家心灵的深层触动是不言而喻的。

当老师说“游戏到此结束”时，教室一下静得不可思议，好像刚才闹哄哄的一干人都吞炭为哑或羽化成仙去了。

老师接着说：“有人也许会在游戏之后，思索和检视自己，产生惊讶的发现和意外的收获。有一个现象，不知大家发现没有，有三项生涯，当我开价100元之后没有人应拍，也就是说不曾成交。这种卖不出去的物品，按规矩是要拍卖行收回的。但我决定还是把它们留下。也许你们想想之后，还会把它们选作自己的生涯目标。”

这三项是:

1. 名垂青史

2. 和家人共度周末

3. 直言不讳的勇敢和百折不挠的真诚

同学大眼瞪小眼，刚才都只专注于购买各自的生涯，不曾注意被冷落的项目，听老师这样一说就都默然了。

我一一揣摩，在心中回答老师。

和家人共度周末。

老师别恼。不曾购买它作为自己的生涯，原因可能是多方面的。有人以为这是很平淡的事，不必把它定作目标。凡夫俗子们估摸着自己就是不打算和家人共度周末也没有什么地方可去。一件被迫的、几乎命中注定的事，何必要选择？还有的人是一些不愿归巢的鸟，从心眼里不打算和家人共度周末。现今只有没本事的人才和家人共度周末，有本事的人是专要和外人度周末的。

青史留名?

可叹现代人（当然也包括我）对史的概念已如此脆弱。仿佛站在一个修鞋摊子旁边，只在乎立等可取，只在乎急功近利。当我们连清洁的水源和绵延的绿色都不愿给子孙留下的时候，拥挤的大脑中如何还存得下一块森严的石壁，以反射青史遥远的回声?

勇敢和真诚？

它固然曾经是人类骄傲的源泉，但如今怯懦和虚伪，更成了安身立命的通行证。预定了终生的勇敢和真诚，就把一把利刃悬在了颅顶，需要怎样的坚忍和稳定？我们表面的不屑是因为骨子里的不敢。我们没有承诺勇敢的勇气，我们没有面对真诚的真诚。

游戏结束了，不曾结束的是思考。

在弥漫着世俗气息的“我”之外，以一个“孩子”的视角重新剖析自己的价值观和生存质量，内心就有了激烈的碰撞和痛苦的反思。

在节奏纷繁的现代社会，我们一天忙得视丹成绿，很难得有这种省察自我的机会，这一瞬让我们返璞归真。

人生的重大决定，是由心规划的，像一道预先计算好的轨道，等待着你的星座运行。如果期待改变我们的命运，请首先改变心的轨迹。

感动是一种能力

“感动”在词典上的意思是“思想感情受外界事物的影响而激动，引得同情或向慕”。虽然我对这本词典抱有崇高的敬意，依然认为这种说法不够精准，甚至有点词不达意。难道感动如此狭窄，只能将我们引向同情或是向慕的小道吗？这对感动来说，似乎不全面、不公平吧？感动的含义比这要丰饶得多、辽阔得多、深邃得多啊。

“感动”最望文生义、最直接的解释就是感情动起来了。你的眼睛会蒸腾出温热的霞光，你的听觉会察觉远古的微响，你的内心像有一只毛茸茸的小松鼠越过，它纤细而奔跑的影子惊扰了你，思维的树叶久久还在摇曳，你的手会不由自主地出汗，好像无意中捡到了天堂的房卡，你的足弓会轻轻地弹起，似乎想如赤脚的祖先一般奔跑在高原……

感动的来源是我们的感官，眼耳鼻舌身加上触觉和压觉。如果封闭了我们的感官就戮杀了感动的根，当然也就看不到感动的芽和感动的果了。感官是一群懒惰的小精灵，同样的事物经历得多了，感官就麻痹松懈了。现代社会五光十色，瞬息万变，感官更像被塞进太多脂肪的孩子，变得厌食和疲沓。如今人渐渐丧失了感动的能力，感动闪现的时间越来越短，感动扩散的涟漪越来越淡。因为稀缺，感动变成了奢侈品。很多人无法享受感动，于是他们反过来讥讽感动，嘲笑感动，把感动和理性对立起来，将感动打入盲目和幼稚的泥沼之中。

感动是一种幸福，在物欲横流的尘垢中，顽强闪现着钻石般的瑰彩。当我们为古树下的一株小草绝不自惭形秽、而是昂首挺胸成长而感动的时刻，其实我们想到的是人的尊严。我上小学的时候，在一次考试中，得到了有生以来最差的分数。万念俱灰之时，我看到一只蜘蛛锲而不舍地在织补它残破的网。它已经失败了三次，一次是因为风，一次是因为比它凶猛百倍的鸟，第三次是因为我的恶作剧。蜘蛛把破坏者感动了，风改了道，鸟儿不再飞过，我把百无聊赖的手握成了拳。我知道自己可以如同它那样，用努力和坚忍弥补天灾人祸，重新纺出梦想。我也曾在藏北雪原仰望浩渺星空而泪流满面，一种博大的感动类似天毯，自九天而下裹挟全身。银河如此浩瀚，在我浅淡生命之前无数年代，它们就已存在，在我生命之后无数年代，它们也依然存在。那么，我的存在又有什么意义呢？在这个惶然的瞬间，我被存在而感动，决心要对得起这稍纵即逝的生命。

我喜欢常常感动的女人，不论那感动我们的起因，是一瓣花还是一滴水，是一个笑颜还是一缕白发，是一本举足轻重的证书还是只言片语的旧笺……引发感动的导火索，也许不胜枚举，可以有形，也可以是无所不在的氛围和若隐若现的天籁。感动可以有着任何颜色的羽毛，在清晨或是深夜，不打招呼就进入心灵的客厅，在那里和我们的灵魂倾谈。

珍惜我们的感动，就是珍惜了生命的零件。在感动中我们耳濡目染，不由自主地逼近那些曾经感动过我们的灵魂。也许有一天，我们也在无意间成了感动的小小源头，它淙淙地流向了另一双渴望感动的眼眸。

珍惜愤怒

小时候看电影，虎门销烟的英雄林则徐在官邸里贴一条幅“制怒”，由此知道“怒”是一种凶恶而丑陋的东西，需要时时去制伏它。

长大后当了医生，更视怒为健康的大敌。师传我，我授人：怒而伤肝，怒较之烟酒对人为害更烈。人怒时，可使心跳加快、血压升高、瞳孔散大、汗毛竖紧……一如人们猝然间遇到老虎时的反应。

怒与长寿，好像是一架跷跷板的两端，非此即彼。

人们渴望强健，于是人们憎恶愤怒。

我愿以我生命的一部分为代价，换取永远珍惜愤怒的权利。

愤怒是人的正常情感之一，没有愤怒的人生，是一种残缺。

当你的尊严被践踏，当你的信仰被玷污，当你的家园被侵占，当你的亲人被残害，你难道不会滋生出火焰一样的愤怒吗？当你面对丑恶、面对污秽，面对人类品质中最阴暗的角落，面对黑夜里横行的鬼魅，你难道能压抑住喷薄而出的愤怒吗？

愤怒是我们生活中的盐。当高度发达的物质文明像软绵绵的糖一样簇拥着我们的时候，现代人的意志像被泡酸了的牙一般软弱。小悲小喜缠绕着我们，我们便有了太多的忧郁。城市人的意志脱了钙，越来越少倒拔垂杨柳、强硬似铁、怒目金刚式的愤怒，越来越少见幽深似海、水波不兴却孕育极大张力的愤怒。

没有愤怒的生活是一种悲哀，犹如跳跃的麋鹿丧失了迅速奔跑的能力，犹如敏捷的灵猫被剪掉了胡须。当人对一切都无动于衷，当人首先戒掉了愤怒，随后再戒掉属于正常人的所有情感之后，人就在活着的时候走向了永恒——那就是死亡。

我常常冷静地观察他人的愤怒，我常常无情地剖析自己的愤怒，愤怒给我最深切的感受是真实，它赤裸而新鲜，仿佛那颗勃然跳动的心脏。

喜可以伪装，愁可以伪装，快乐可以加以粉饰，孤独忧郁能够掺进水分，唯有愤怒是十足成色的赤金。它是石与铁撞击一瞬痛苦的火花，是以人的生命力锻造出的双刃利剑。

喜更像一种获得，一种他人的馈赠；愁则是独自咀嚼一枚青橄榄，苦涩之外别有滋味。唯有愤怒，那是不计后果、不顾代价、无所顾忌的坦荡的付出。在你极度愤怒的刹那，犹如裂空而出横无际涯的闪电，赤裸裸地裸露了你最隐秘的内心。你想认识一个人，就去看他的愤怒吧!

愤怒出诗人，愤怒也出统帅、出伟人、出大师，愤怒驱动我们平平常常的人做出辉煌的业绩。只要不丧失理智，愤怒便充满活力。

怒是制不伏的，犹如那些最优秀的野马，迄今没有任何骑手可以驾驭它们。愤怒是人生情感之河奔泻而下的壮丽瀑布，愤怒是人生命运之曲抑扬起伏的高亢音符。

珍惜愤怒，保持愤怒吧！愤怒可以使我们年轻。纵使在愤怒中猝然倒下，也是一种生命的壮美。

保持惊奇

惊奇，是天性的一种流露。

生命开始的一瞬就是惊奇。我们周围的世界，为什么由黑暗变得明朗？周围为什么由水变成了气？为什么由温暖变得清凉？外界的声音为何如此响亮？那个不断俯视我们、亲吻我们的女人是谁？

……

从此我们在惊奇中成长。

这个世界上，有多少值得惊奇的事情啊。苹果为什么落地，流星为什么“下雨”，人为什么兵戎相见，史为什么世代更迭……

孩子大睁着纯洁的双眼，面对着未知的世界，不断地惊奇着、探索着，在惊奇中渐渐长大。

惊奇是幼稚的特权，惊奇是一张白纸。

但人是不可以总是惊奇着的。在生命的某一个时辰，你突然因为你的惊奇，遭逢尴尬与嘲笑。你惊奇地发现——惊奇在更多的时候，是稚弱的表现，是少见多怪的代名词，是一种原始蛮荒的状态。

对于我们这个崇尚“见怪不怪、其怪自败”，尊重老练成熟的民族心理中，惊奇是如胎发一般的标志。

你想成功吗？你首先须成功地把自己的惊奇掩盖起来。

我们的词典里，印着许多诸如“处变不惊、宠辱不惊”的词汇，使“不惊”镀着大将风度的光辉，而“惊”屈于永久的贬义。

翻那词典，后面更有了惊慌失措、大惊失色、惊恐万分的形容，惊堕落着，简直就是怯懦、退缩、畏葸的同义词了。

于是人们开始厌恶惊奇。你想做大事吗？一个必备的基本功就是训练自己丧失惊奇。

你看到爱情远不是传说中那般纯洁，你不要惊奇。

你看到生活远没有书本上描写的那么美好，你不要惊奇。

你看到友谊根本不是故事中那般忠诚，你不要惊奇。

你看到日子绝不如想象中那般绚烂，你不要惊奇……

如果你惊奇了，你就违反了一条透明的规则，会遭到别人阳光下或是暗影里的嘲笑：这个孩子还嫩着呢。

你在一次次碰壁后省悟到：即使你对这个世界还一知半解，你还搞不清问题的全部，但有一点你现在就能做到——埋葬你的惊奇。

你看到丑恶，假装没有看到，依旧面不改色、谈笑风生，人们就会送你“人情练达”的评价。你听到秽闻，仿佛在那一刻患了突发性的耳聋，脸上毫无表情，人们会感觉你老于世故、可以信赖。你被美丽、美好、美妙的景色感动，只可以默默地藏在心底，脸上切不可露出少见多怪的惊异，人们就会以为你少年老成，有大谋略、大气魄，是可做将帅的优良材料。你碰到可歌可泣的人间至情，要把心肠练得硬如钻石，脸不变色心不跳。就算真搅得肝肠寸断，只可夜晚躲在无人处暗自咀嚼，切不可叫人觑了去，落得个妇人之仁的罪名……

现代社会是一只飞速旋转的风火轮，把无数信息强行灌输给我们。见怪不怪，我们的心灵渐渐在震颤中麻痹，更不消说有意识地掩饰我们的惊讶，会更猛烈地加速心灵粗糙。在灯红酒绿和人为的打磨中，我们必将极快地丧失掉惊奇的本能。

于是我们看到太多矜持的面孔，我们遭遇无数微笑后面的冷淡。我们把惊奇视作一种性格缺憾，我们以为永不惊讶才是人生的至高境界。

细细分析起来，惊奇是由两部分组成的，先有了惊，然后才是奇。如果说“惊”属于一种对陌生事物认识局限的愕然，“奇”则是对未知事物积极探讨的萌芽了。

否认了“惊”，就扼杀了它的同胞兄弟。我们将在无意之中，失去众多丰富自己的机遇。

假如牛顿不惊奇，他也许就把那个包裹着真理的金苹果吃到自己的小肚子里面了，人类与伟大的“万有引力定律”相逢，也许还要迟滞很多年。

假如瓦特不惊奇，水壶盖“噗噗”响着，一个划时代的发现就蒸发到厨房的空气中了，我们的蒸汽火车头，也许还要在牛车漫长的辙道里蹒跚亿万公里。

即使对普通人来说，掩盖惊奇，也易闹笑话。一位乡下朋友，第一次住进城里的宾馆。面对盥洗室里那些式样别致的洁具，他想不通人洗一个脸，何至于要如此麻烦。他不会使用这些物件，本来请教一下服务小姐，也就迎刃而解了。可是他不想暴露自己的惊奇，就用地上一个雪白的盛着半盆水的瓷器洗了脸，后来他才知道，那是马桶。

这当然是一个极端的例子，我之所以把它写在这里，绝无幸灾乐祸之意。现代社会令人眼花缭乱，每个人在某种意义上说都是孤陋寡闻的。你在你的行业里是行家里手，在其他领域完全可能是白痴。这不是羞愧的事情，坦率地流露惊奇，表示自己对这一方面的无知以及求知的探索，是一种可嘉的勇气。

我认识一位老人，一天兴致勃勃地同我探讨电脑的种种输入方法。他整整82岁了，肾脏功能已经衰竭，我坚信他这一辈子也不可能在电脑键盘上敲出一个字。他在自己的专业范畴里，是一位德高望重的长者，但对电脑的理解多有谬误，就连我这个“二把刀”也听出了许多破绽。但是老人家充满探索之光的惊奇的眼神，在这一瞬像探照灯一样扫过我的灵魂。面对他青筋暴突、微微颤抖的手，我想，不知我这一生可否活得这样高寿？不论我生命的历程有多长，我一定要记得这目光炯炯的惊奇，学习他对世界的这份挚爱，绝不仅仅流连在熟悉的航道，要始终保持对辽阔海域的探索，直到我最后一次呼吸。

惊奇是一种天然物，而不是制造出来的，它是真情实感的火花。一块滚圆的鹅卵石便不再会惊讶于江河的波涛，惊奇蕴涵着奋进的活力。

惊奇不仅仅是幼稚，惊奇不仅仅是无知，惊奇是在它们基础上的深化和前进。

你既然惊奇了，你就要探索这奥妙；你既然惊奇了，你就不能仅仅止于惊奇。爱好惊奇的人须将惊奇转化为平凡。消灭惊奇的过程，也就是学习的过程，惊奇在熟悉中淡化，才干在惊奇中成长。

世界是没有止境的，惊奇也是没有止境的。惊奇是流动的水，它使我们的思想翻滚着，散发着清新，抗拒着腐烂。

在城市里待得久了，常常使我们丧失惊奇的本能。我们像蟮一样滑行着，浑身粘满市侩的黏液。

到自然中去，造化永远给我们以大惊喜。和寥廓的宇宙相比，个人的得失是怎样的微不足道啊。不要小看山水的洗涤，假如真正同天地对一次话，我们定会惊奇自己重新获得活力。

如果无法到自然中去，就同与自己没有利害关系的从小的朋友，做一次促膝的谈心。利害关系这件事，实在是交友的大敌。我不相信有永久的利益，我更珍视患难与共的友谊。长留史册的，不是锱铢必较的利益，而是肝胆相照的情分。和朋友坦诚地交往，会使我们留存着对真情的敏感，会使我们的眼睛抹去云翳，心境重新开朗，惊奇就在这清明的心境中，翩翩来临了。

假如既没有自然可以依傍，又没有朋友可以信赖，那真是人生的大憾事。那只有在静夜中同自己对话，回忆那些经历中最美好的片段，温习曾经使心灵震撼的镜头。它也许是很小的一朵旷野里的花，也许是冬天的一盏红灯笼，也许是苍茫的大漠暮色，也许是雄浑激荡的乐曲……总之，那是独属于你的一份秘密，只有你才知道它对于你的惊奇的意义。《论语》里说：学而时习之，不亦说乎？复习以往我们情感中最精彩的片段，常常会使我们整旧如新。

保持惊奇，我常常这样对自己说。它是一眼永不干涸的温泉，会有汩汩的对世界的热爱蒸腾而起，滋润着我们的心灵。

行使拒绝权

拒绝是一种权利，就像生存是一种权利。

古人说，有所不为才能有所为。这个“不为”，就是拒绝。

人们常常以为拒绝是一种迫不得已的防卫，殊不知它更是一种主动的选择。

纵观我们的一生，选择拒绝的机会，实在比选择赞成的机会要多得多。因为生命属于我们的只有一次，要用唯一的生命成就一种事业，就需在千百条道路中寻觅仅有的花径。我们确定了“一”，就拒绝了九百九十九。

拒绝如影随形，是我们一生不可拒绝的密友。

我们无时无刻不是生活在拒绝之中，它出现的频率，远较我们想象的频繁。

你穿起红色的衣服，就是拒绝了红色以外所有的衣服。

你今天上午选择了读书，就是拒绝了唱歌跳舞，拒绝了参观旅游，拒绝了与朋友的聊天，拒绝了和对手的谈判……拒绝了支配这段时间的其他种种可能。

你的午餐是馒头和炒菜，你的胃就等于庄严宣布同米饭、饺子、馅饼和各式各样的煲汤绝缘。无论你怎样逼迫它也是枉然，因为它容积有限。

你选择了律师这个职业，毫无疑问就等于拒绝了建筑师的头衔。也许一个世纪以前，同一块土地还可套种，精力过人的智者还可多方向出击，游刃有余。随着现代社会的发展，任何一行都需从业者的全力以赴，除非你天分极高，否则兼做的最大可能性，是在两条战线功败垂成。

你认定了一个男人或是一个女人为终身伴侣，就斩钉截铁地拒绝了这世界上数以亿计的其他男人或女人，也许他们更坚毅、更美丽，但拒绝就是取消，拒绝就是否决，拒绝使你一劳永逸，拒绝让你义无反顾，拒绝在给予你自由的同时，取缔了你更多的自由。拒绝是一条单行道，你开启了闸门，江河就奔涌而去，无法回头。

拒绝对我们如此重要，我们在拒绝中成长和奋进。如果你不会拒绝，你就无法成功地跨越生命。

拒绝的实质是一种否定性的选择。

拒绝的时候，我们往往显得过于匆忙。

我们在有可能从容拒绝的日子里，胆怯而迟疑地挥霍了光阴。我们推迟拒绝，我们惧怕拒绝。我们把拒绝比作困境中的背水一战，只要有一分可能，就鸵鸟似的缩进沙砾。殊不知当我们选择拒绝的时候，更应该冷静和周全，更应有充分的时间分析利弊与后果。拒绝应该是慎重思虑之后一枚成熟的浆果，而不是强行捋下的酸葡萄。

拒绝的本质是一种丧失，它与温柔热烈的赞同相比，折射出冷峻的付出与掷地有声的清脆，更需要果决的判断和一往无前的勇气。

你拒绝了金钱，就将毕生扼守清贫。

你拒绝了享乐，就将布衣素食、天涯苦旅。

你拒绝了父母，就可能成为飘零的小舟，孤悬海外。

你拒绝了师长，就可能被逐出师门，自生自灭。

你拒绝了一个强有力的男人的帮助，他就可能反目为仇，在你的征程上布下道道激流险滩。

你拒绝了一个神通广大的女人的青睐，她就可能笑里藏刀，在你意想不到的瞬间刺得你遍体鳞伤。

你拒绝了上司，也许意味着与一个如花似锦的前程分道扬镳。

你拒绝了机遇，它永不再回头光顾你一眼，留下终身的遗憾任你咀嚼。

拒绝不像选择那样令人心情舒畅，它森严的外衣里裹着我们始料不及的风刀霜剑，像一种后劲很大的烈酒，在漫长的夜晚使我们头晕目眩。

于是我们本能地惧怕拒绝。我们在无数应该说“不”的场合沉默，我们在理应拒绝的时刻延宕不决。我们推迟拒绝的那一刻，梦想拒绝的体积会随着时光的流逝逐渐缩小以至消失。

可惜这只是我们善良的愿望，真实的情境往往适得其反。我们之所以拒绝，是因为我们不得不拒绝。

不拒绝，那本该被拒绝的事物，就像菜花状的癌肿蓬蓬勃勃地生长、浸润，侵袭我们的生命，一天比一天更加难以救治。

拒绝是苦，然而那是一时之苦，阵痛之后便是安宁。

不拒绝是忍，心字上面一把刀。忍是有限度的，到了忍无可忍的那一刻，贻误的是时间，收获的是更大的痛苦与麻烦。

拒绝是对一个人胆魄和心智的考验。

拒绝是一门艺术。

拒绝也分阳刚派与阴柔派。

怒发冲冠是拒绝，浅吟低唱也是拒绝。义正词严是拒绝，“顾左右而言他”也是拒绝。声色俱厉是拒绝，低眉敛目也是拒绝。横刀跃马是拒绝，丝弦管竹也是拒绝。

只要心意决绝，无论何方舞台，都可演成拒绝的绝唱。

拒绝有时候需要借口。

借口是一层薄薄的帷幕。它更多表达的是一种善意、一种心情，而同表面的含义无关。

借口悬挂于双方之间，使我们彼此听得见拒绝清脆的声音，看不见拒绝淡漠的表情，因此维持着最后的礼仪。

许多被拒绝的人，执着地追问理由，以为驳倒了理由就挽救了拒绝。这实在是一种淡淡的愚蠢，理由是生长在拒绝这棵大树上取之不尽、用之不竭的叶子。如果你真的是想挽回拒绝，就去给大树浇水吧。

在某种程度上，借口会销蚀拒绝的力度。它把人们的注意力牵扯到无关的细节，而忽略了坚硬的内核。就像过多的糖稀，会损坏牙齿的珐琅质。它混淆了拒绝真实凝重的本色，使原本简单的事物斑驳不清。

相较之下，我更喜欢那种干干净净没有任何赘物的斩钉截铁的拒绝，它像北方三九天的冰凌，有一种肝胆相照的晶莹和砰然断裂的爽快。不但是个人意志的伸张，而且是给予对方的信任和尊崇。

拒绝对于女人来说，是终生必修的功课。

天下无数繁杂的道路，你只能走一条。你若是条条都走，那就等于在原地转圈子，俗称“鬼打墙”。

女人使用拒绝的频率格外高，是因为女人面对的诱惑格外多。

拒绝是女人贴身的软甲，拒绝是女人进攻的宝剑。

拒绝卑微，走向崇高。

拒绝不平，争取公道。

拒绝无端的蔑视和可恶的恩惠，凭自己的双手和头颅挺身立于性别之林。

不懂得拒绝的女人，如果不是无可救药的弱智，就是倚门卖笑的流莺。

因为拒绝，我们将伤害一些人，这就像春风必将吹尽落红一样，有时是一种必然。如果我们始终不拒绝，我们就不会伤害别人，但是我们伤害了一个跟自己更亲密的人，那就是我们自己。

拒绝的味道并不可口，当我们鼓起勇气拒绝以后，忧郁和惆怅伴随着我们，一种灵魂被挤压的感觉，久久挥之不去。

因为惧怕这种难以言说的感觉，我们有意无意地减少了拒绝。

在人生所有的决定里，拒绝是属于破坏而难以弥补的粉碎性行为。这一特质决定了我们在做出拒绝的时候，需要格外的镇定与慎重。

然而拒绝一旦做出，就像打破了的牛奶杯，再不会复原。它凝固在我们的脚步里，无论正确与否，都不必原地长久停留。

拒绝是没有过错的，该负责任的是我们在拒绝前做出的判断。

不必害怕拒绝，我们只需更周密的决断。

拒绝是一种删繁就简，拒绝是一种举重若轻。拒绝是一种大智若愚，拒绝是一种水落石出。

当利益像万花筒一般使你眼花缭乱之时，你会在混沌之中模糊了视线，尝试一下拒绝吧。

你依次拒绝那些自己最不喜欢的人和事，自己的真爱就像退潮时的礁岩，嶙峋地凸现出来，等待你的攀援。

当你抱怨时间像被无数餐刀分割的蛋糕，再也找不到属于你自己的那朵奶油花时，尝试一下拒绝吧。

你把所有可做可不做的事拒绝掉，时间就像湿毛巾里的水，一滴一滴地拧出来了。

当你发现生活中蕴涵着太多的苦恼，已经迫近一个人能够忍受的极限，情绪在崩溃的边缘时，尝试一下拒绝吧。

你也许会发现，你以前不敢拒绝，是因为怕增添烦恼。但是恰恰相反，拒绝像一柄巨大的梳子，快速地理顺了杂乱无章的日子，使天空恢复明朗。

当你被陀螺般旋转的日子搅得耳鸣目眩，忘记了自己是从哪里来、要到哪里去的时候，尝试一下拒绝吧。

你会惊讶地发觉自己从复杂的包装中清醒，唤起久已枯萎的童心，感叹我们每一个人都是自然之子。

拒绝犹如断臂，带有旧情不再的痛楚。

拒绝犹如狂飙突进，孕育天马横空的独行。

拒绝有时是一首挽歌，回荡袅袅的哀伤。

拒绝更是破釜沉舟的勇气，一种直面淋漓鲜血、惨淡人生的气概。

拒绝也不可太多，假如什么都拒绝，就从根本上拒绝了每个人只有一次的辉煌生命。

智慧地、勇敢地行使拒绝权。

这是我们每个人与生俱来的权利，这是我们意志之舟劈风斩浪的白帆。

热爱说话

和果的对话，非常轻松。她像是一架话语永动机，不待你发问，就把你想知道的都说了出来，比你预想的更清晰明白。

“你说，中国汉字里，使用频率最高的偏旁部首是哪个？”这是果对我说的第一句话。

果是一家中外合资的商场董事长，雇用着外方的总经理，一言九鼎、威名赫赫。在果的那座身披玻璃幕墙，金碧辉煌、玲珑剔透的大厦里浏览时，你不由自主地会想象它的最高领导人可能是位女王。但此刻的果，安静而有学究气，好像是在大学的小组讨论会上。

我不好意思地说：“别看天天和字打交道，还真没研究过这个。”

“可能是‘提手旁’吧。记得学《诗经》的时候，老师曾说过，那时诗里就有数十个有关手的动词。再说我们这个民族是崇尚行动、尊重实干的，‘提手’应该最多。”我回答。

“错。字典里，‘口’字旁和‘言’字旁的字加起来，构成了中国汉字部首里最庞大的家族。”果非常肯定地说。

“这证明，说话是人生中非常重要的一件事，我们的古人早就发现了这条真理，所以才创造出这么多形容说话的词语。在科学不发达的古代，‘说’都傲视群雄，到了现代，信息大爆炸，说话就更具有了凌驾一切的力量。”

“我说的‘说话’是一个广义的概念，包括文字。更宽泛地讲，等同信息之意。比如我们两个坐在这里说话，就是传达彼此感到隔膜的信息。美国总统在派出特使执行重要公务的时候，最后一个程序就是两人促膝交谈，以便让特使最大限度地正确把握总统的思想……这说明谈话是多么要紧的事情。”

“我热爱谈话。”果一字一句地说。

我有些吃惊，虽然我不拒绝谈话，但好像还是第一次听到“热爱谈话”。果不理会我的惊讶，按照自己的思路侃侃而谈。

“一般来说，服从性强、地位比较低的人，多半意识不到谈话的重要性，因为他更多的是一个执行者，别人说什么，他跟着做就是了，语言好像是多余的。在中国的传统文化里，特别强调‘君子讷于言而敏于行’，我觉得那是一种上智下愚的思想残余。你若是想让自己智慧起来并表达这种智慧，让自己的智慧影响更多的人，必须学会发展、整理、沟通萌芽状态的思想，最简便易行、行之有效的方法就是说话。我给你举一个例子，商场合资以后，外方有许多新措施，我方大多数是干了几十年商业的人，闻所未闻的招数让很多人接受不了。我就把所有中层以上的干部用车拉到一处风景胜地，有美丽的草坪和湖水。我在草坪的中央摞起三张桌子，下面聚了一帮身强力壮的小伙子。大家不知我什么意思，说董事长是不是要我们耍杂技啊？我爬上桌子，站在上面，对大家说：‘现在，我要背对着大家头朝下地栽下去，下面的警卫战士会接住我……高度只有两米多，接应绝无问题，现在你们看着我操作……’说完以后，我就义无反顾地一个倒栽葱折了下来，战士把我接住，一切正常。我对大家说：‘现在，每个人把我刚才的动作重复一遍吧。’最先走上桌子的是我方的副总，他年纪比较大了，腿脚哆嗦，求告我说：‘我老胳膊老腿的就免了吧。要不你就撤掉一张桌子，把高度降点。再不然，我脸朝前往下跳，眼睛看着下面，万一出点纰漏，我还能有个自卫动作。千万别让我后脑勺对着地，行不行啊？’我说：‘不成。这项操作是安全的，我已经亲身试验了几十次，绝无问题。它就像我们商场就要施行的改革措施，是有把握的。我们不能因为自己以前没有尝试过，就没有勇气去实践。现在我决定，凡是有魄力从这几张桌子上背着身子跳下来的人，就继续留在商场工作。其他的人，请自动离开。’我把话说到这个份上，副总还真是好样的，眼一闭，就栽了下来，挺顺利的。后面的人大多数很勇敢，也有个别的，战战兢兢老半天，紫涨着脸，总是没动作。我就平静地对他说：‘你也不必勉强自己，我们马上要进行的改革力度很大，你连这种确有把握的事都做不了，何谈其他？留下来合作是不会愉快的……’这次草坪会议以后，那些因循守旧的人走了，改革就大刀阔斧地进行了。

“有一个青工，与顾客争吵，还扇了对方一个大嘴巴，我当然不能放过，给了他降级和罚款的处分。他不服，扬言要杀我。一天，他举着个沉重的泡沫灭火器，像抡着火药桶，在商场里乱窜，说要灭掉我。大伙儿都劝我赶快躲躲，说这种亡命徒什么事都干得出来。我说：‘把他请到我办公室来，我要和他好好谈谈。大家说你就不怕出事？’我说：‘我一个当领导的，被这样的事吓住，以后没法工作了，这才是最大的事呢！’

“那个青工来了，把灭火器立在我的写字台上，说：‘你不怕死在这屋里？’我说：‘你杀了我，你不值啊！’他惊奇道：‘你是大名鼎鼎的董事长，我不过是小小老百姓，你的命比我的值钱多了。’我说：‘你听我算一笔账。我是董事长，不管你的事，我也照常拿我的那份钱，可见我要处分你，是为了钱以外的东西。我明知你要杀我，还把你叫到我的办公室来，并且把左右的人都打发开了，你要动手，现在就是绝好的机会，这说明我不怕死。一个人不为钱不怕死，按你的分析，就一定是为了名了。我死在你的灭火器下，成了当然的烈士，登报扬名，万人瞻仰，后代光荣，那是不必说的了。而你是杀人凶手，万人唾骂，将被处以极刑，父母家人跟着受连累，也是千真万确的事情。你本是恨我，反倒成全了我，你考虑考虑，是不是不合算啊？再者，我判断你不是真心要杀我。真要杀人，为了保证成功率，自然是要被杀的人毫无警觉才好，这就是兵法上的出其不意，攻其不备。像你这样嚷嚷得满天下知晓，哪里是要杀人，不过是恫吓。当然我不排除你的铤而走险，但主要是想把我吓得收回成命，恢复你原有的级别，不罚你。你骨子里想的是尊严和钱的问题。爱面子想挣钱，这是好愿望。只要努力工作，在一个奖惩严明、效益优异的商场，机会有的是。但钱和光荣不是从天上掉下来的，是顾客送给我们的。你把顾客打走了，砸了大家的饭碗，却还要抢着和大家吃一样多的饭，那就连乞讨都不如。如果你想挣更多的钱，你必须干得比别人更好，这才是正道。’青工长久地说不出话来，过了半天才吭吭哧哧地说：‘如果我干得好呢……’我说：‘你放心，罚得严厉，奖得也必豪气，希望有一天，还是在这间办公室，我把精神奖励和物质奖励一道交到你手里。’当那个青工耷拉着头、抱着灭火器从我的办公室走掉以后，竖着耳朵倾听这屋里动静的人们纷纷跑出来说：‘董事长，您靠什么化干戈为玉帛？他一路吵嚷，怎么进了你的房门就一声不吭？是不是您会一手美人拳，点了他的哑穴？’我说：‘靠舌头，靠说话啊。’世上无数的流血事件因为误会而生。错误、失误的‘误’，偏旁是‘言’而不是‘心’，很多时候是话没有说到点子上，心灵因此产生隔膜。”

“最困难的谈话是和外方总经理。圣诞节快到了，这些年西风东渐，国人也慢慢重视起这个洋节来。商场的‘舶来品’较多，年底成了销售的黄金季节。恰在此时，那老外递上一纸报告，说要回欧洲与家人团聚，共度圣诞。我毫不迟疑地回答他：

‘No! ’老外拿来一册他们国家出的日历，指着12月25日的红色数字说，这是法定假日，如果不让他休假，就是侵犯人权，他要控告我。我说：‘那在您的国家里，是否到了圣诞节，所有的商家一律关门大吉，回家围着圣诞树跳舞？’这回轮到他连连说‘No’了，告诉我圣诞节是一年当中最大的销售高峰，有许多促销的手段要实施。我说：‘那您为什么要从工作岗位上向后转呢？’老外回答：‘因为这是在中国，你们与这个世界性的节日无缘，商厦由中国人单独上班就行了。’我拿出一本中国出的挂历，指着一个日子对他说：‘您知道这是什么日子吗？’老外看了半天，直把浅蓝色的眼珠瞪成了深蓝，也没弄明白，喃喃地说：‘它靠近情人节的日期，但我真的不明白它有什么独特的意义。’我说：‘先生，请您清醒地记住它。因为在这个日子和之后的四天里，您将单独在这座数万平方米的商厦里值班售货……’外方总经理急白了脸，说：‘果董事长，你就是报复我，也不能用商厦的利益作筹码。整整五天，你知道它是什么概念吗？无论对你还是对我的国家来说，那都是成吨的金钱啊！’我说：‘尊敬的先生，让我告诉您，那个日子是中国的春节，中华民族最重要的节日。按照您的逻辑，商厦里所有的中国人都应该回家休假包饺子，否则就是侵犯人权，当然应该由您这样的外国人单独上班了。至于利润，让它见鬼去吧！’

“老外哭笑不得，只得答应坚守岗位。他对我说的最后一句话是：‘你知道我是谁？你是否把我当成了你们的共产党？’我回答他：‘我当然知道你是谁。你是总经理，是受雇于董事长的，你很明智地表示服从，这很好。如果你执意不肯，我就要行使命令权或是罢免权了。顺便说一句，要是共产党员遇到这种事，我一句话都不必说，他们知道自己该怎样办。’”

果的故事，一个个说下去，每一个都很有趣，只是她的声音渐渐嘶哑。我说：“休息一下吧。”果说：“说话就是调整脑筋，一个原本不很清晰的概念，在你描述它的过程当中，它就像花瓣一样盛开了，散发出芳香。有质量的说话当然很累，因为它是思想的结晶。我认识一位著名的戏剧演员，平时很少吭声，口渴了，也只是写一张有‘水’字的字条递给别人，就是为了把胸中之气积攒起来，到了舞台上音韵洪亮、直冲霄汉、绕梁三日。”

我说：“有一句古话：日言百句，其气自伤。”

果说：“生命的过程就像是一盘磁带，录满我们每个人的话语。若生命结束的时候，听到自己一生所说过的话，有用的比没有用的多，那就是无悔的人生了。”

化贫苦为神奇

中国多穷人。贫穷是一件很可怕的事情，尤其是童年时代的贫穷，会给人留下久久渗血的伤口。即使那伤口在时间的绷带下愈合，风调雨顺时恍然不觉，一旦风雨交加，就会引爆疼痛。

《矿工的儿子》是一本讲了很多贫穷故事的书，比如蔡合城幼年时代，6岁时眼见着自家的茅屋被泥石流摧毁，7岁就贩卖干树枝以换取学费。他家中五代都是矿工，妈妈到矿坑口推运煤渣车，肩上永远是磨破的血痂。蔡合城10岁时就要每天晚上去推台车，从午夜十二点到凌晨四五点。穿过幽深的隧道，在震惊台湾的大矿难中险些丧命……看到这些章节的时候，你会唏嘘不止，但在内心的最深处，还有一份保留。这就是——你蔡合城虽然苦，但肯定不是世上最苦的人，一定还有比你更苦的人存在。

贫苦可以成为很多人奋斗的动力，这样的传奇我们也听过很多。书的中间部分果然不出我们所料，艰难困苦孕育了奋发不息的精神，蔡合城取得了骄人的成绩。他先是以第一名的成绩成了第一位考上省立基隆中学的矿工之子，然后以1965包方便面充饥，刻苦读书换得了商专的文凭；喝豆浆又成就了自己的美好姻缘；成为王永庆的球童，完成了大学的学业；之后又到美国取得了教育学硕士学位，开办了自己的公司和会计师事务所……读到这里，你会感叹，你会为蔡合城高兴，会羡慕他的努力和成就。如果这本书的价值仅仅到这里，我们依然还可找到很多同类的书籍用来励志和鞭策自我。

接着，我们看到了蔡合城更大的成功，他以40多岁的“高龄”转行到竞争非常激烈的保险业，在短短的时间内取得了令人瞠目结舌的战绩。入行第一年就成了台湾的销售冠军，第二年业绩精进，第三年又是台湾冠军……不过，最震撼我的还不是这些耸动的记录，而是取得了如此显赫成就之后的蔡合城说的如下这句话：

“对于我们这种穷人家出身的小孩，物质方面的需求真是很容易被满足，反倒是心理上那种总是惶惶不安、吃了上一顿不知下一顿在哪里的感觉，那种从小到大挥之不去的经济焦虑，才是曾经穷困过的人一辈子要面对的课题。”

中国在迅速的变革之中，我们有太多由穷变富的成功人士，却鲜有蔡合城这般思考和升华。所以，我们才有那么多富了却并不快乐的人，富了却没有目标的人。穷人读这本书，可以看到怎样致富。富人读这本书，可以看到怎样获得安宁。无论穷人还是富人还是不太穷也不太富的人，都可以看到蔡合城内心运行的丰富轨迹，被他的慈悲和博爱感动。

风的青睐

400年前的法国人蒙田，说过这样一句话——风不会对漫无目的者有所青睐。“青睐”是指一个人用黑眼珠子看着你。这是一句否定句，意思是假如你有了坚定的目标，整个大自然将帮助你。

风是什么呢？风是一股看不见摸不着的力量。风吹的时候，影响着我们，逆风或是顺风，对我们的速度和方向都有强烈的影响。就连飞机的钢铁巨翅，也不敢对风等闲视之。

人生的目的很重要。这个目的是谁给我们预定的呢？没有人。你的父母、你的师长、你的朋友，都可能参与你的目的的制定，但他们不是决定的力量。最后的赞成或是否决票，在你手里。如果你对自己说，我才不要什么人生的目的这种奇怪的东西，那么，你也是有一个目的了，那就是“虚无”。

一个没有方向感的人，如何行走呢？看看醉汉就明白了。踉踉跄跄、东倒西歪、昏乱嘟囔着，没有人知道他要到哪里去，更不知道他的归宿在何方……有着这种精神的吉卜赛人，终身流浪在灵魂的荒原。

还有一些人，把某种流行的腐朽说法或是误区当成了自己的目的。这种“镜花水月”的伪目标，只能引诱感官的堕落和本能的麻痹。

目的通常是阔大的、依稀的，但它确实存在着，一如晨曦。你从未摸到晨曦，但你每天都可以看到它。即使乌云蔽日的时候，你也坚忍不拔地确信，在高远之处，晨曦依然发出温暖的红色光芒。

一个有目的的人，走路的姿势是向前的。他们通常不会在跌倒之后太长久地抚摸伤痛，短暂的昏厥之后迅速清醒，用身边的树枝或是草叶捆扎好伤口，就蹒跚着上路了。他们走得慢，但很坚定，不会因为风险而避开既定的方向，也不会为路边一些小的花果而长时间地流连忘返。当然也有痴迷和混沌的时候，但他们能够重新恢复思考，从容向前……

风的青睐，是无价的礼物。只要你坚定地确立了自己的目标，努力下去，就会发现天地万物都来帮你了。

寻觅危险

在心理学家马斯洛先生的人的需求层次金字塔模式里，安全感是人类的基本需要之一。

记得在日本访问时，很惊讶普通民居的构造单薄。尤其是海边的房子，好像纸扎的灯笼轻而蓬松，叫人怀疑稍大些的海风就会把墙壁吹个透明窟窿。

我问日本人："你们这里多地震、多火山、多海啸什么的，如此稀松的房子怎么抵御灾难，岂不是太不安全了吗？"

日本人回答："正是因为多灾，我们的房子才造得很轻，一旦倒塌也不会把人压死、砸死，比钢筋铁骨的建筑反倒多一份安全。就像薄薄的鸡蛋壳，小鸡很容易钻出来，它看起来不安全，其实倒是很安全的。"

真叫人无话可说。

那年风传地震，我为自己和家人的安全焦虑，特向一位专事地震研究的朋友请教。她告诉我："地震发生的时候，你赶快跳到家中房屋的承重墙交叉的地方，那里通常比较坚固，即使倒塌也会有小的支撑空间可供躲避，以待救援。"此秘诀闹得我和先生像两个蹩脚的工程师，在自己家中四处逡巡，彼此还意见分歧。他说这堵墙承重，我说可能是那一堵，吵得谁也不服谁，只好又向朋友讨教。她说："你们可以找到当年施工部门的图纸，对照辨认，岂不最有权威性？"这法子好是好，但实在太麻烦，只好不了了之。朋友是个尽责的人，后来又过问此事，我如实相告，朋友说："告诉你一个简单的法子，一旦山摇地动，你就躲到房屋内的卫生间，那个角落比较安全。"从此我牢牢记住这一救命宝典，很长时间，一进了卫生间就敬畏有加。觉得在未来的某一天，全靠它的庇护啦!

后来我到了唐山，有一位大地震中的幸存者谆谆告诫我，大地震时要飞快地蹿到凉台上，这样可以在随后的余震中被甩到室外，安全系数较大。他当年就是如此才保住性命，而他躲在房中的家人全部遇难。

我于是想象自己倘若遇到震灾，可能会在卫生间和凉台之间上蹿下跳，坐失宝贵时间。

坐汽车，我因为晕车总好坐在前面，但屡屡被人指教，只有司机后面的座位才是全车中最保险的地方。因为车祸的统计数据证明，在危机的时刻司机会下意识地保护自己，他所采取的紧急措施对自己的位置最为有利。我觉得这一提议后面有一个相当微妙甚至龌龊的前提，那就是司机以本能保护自己，你坐在司机后面以他的身躯作为你的“血肉长城”……

灾难时，到哪里最安全？我只做过如此不完善的小小调查，已是众说纷纭，看来“安全”是个永恒的题目。在我们的生命里面，寻找安全是集体无意识的表现。

我敬佩那些在危机的时刻抛却自身的安全，奋勇地冲向危难的勇士，这不仅是高尚的道德和情操，更是人类战胜自己天性的壮举。

比如消防人员扑向火海，比如救护人员攀登危楼，比如对付易燃易爆物品时的临危不惧，比如潜入冰水拯救遇溺者……无论对职业人员还是对见义勇为的普通公民，我相信，在那一瞬都有生命本能的召唤和人生价值的实现碰撞的火花。

如果为了一己的安全，自然是远离危险。我们的每一根头发、每一滴血液都会命令我们这样做。人类的进化使得躲避危险、寻觅安全成了几乎与生俱来的能力。但是，为了他人的安全，为了崇高的职责，为了追求和理想，为了一种凌越本能的超拔，他们躲避安全、寻觅危险……

这样的人，达到了人的自我实现的顶峰，找到了本能之上的高贵的尊严。

无形容颜

除了蒙面匪，我们向人时都有一副容颜，或姣或陋，此乃上天与父母合谋的奉送。它像一件不是自主选定的商品，无处退换，不论满意与否都得义无反顾地佩戴下去，还需忍受它的退色与破旧，直至与身俱灭。虽说整形与美容术可使某些乏善可陈的相貌得到修正，但从根本上讲，我们的脸都是造化随机奉送的礼物，绝非不喜欢就可轻易扒下、再换一张新的画片。

然而事情又有些怪异，按说千人千面，绝不雷同，但每逢分手之后，我追忆熟悉的朋友或新结识的诸色人等，他们的脸往往如淋了雨的泥娃娃，五官模糊成团，心头浮起的只是一汪暗影，好像柏油路上水渍洇开的油迹，朦胧浮动，难以界定。淡去的眉眼缩略简化成某种符号——亲切或是寒冷的感觉，温馨或是漠然的情致，和谐或是嘈杂的音调。或者干脆涌出一片颜色：柔润的夕阳红、华贵的荸荠紫、神秘的宇航灰或污浊的狗尾巴黄。更多的时候，一提到某个名字，与之相关的那张具体的脸仿佛突然被巨型“消字灵”涂掉，代之一股情绪的云雾，或愉悦或厌倦，弥漫心头。

早先以为自己有残缺，大脑里专管录像的那一部分遭了虫蛀，成了破包袱皮，再也包裹不住有关相貌的记忆，后来年事渐长，与人交流，才知天下有这等恍惚毛病的人颇不少。方明白人的脸，乃是一个变数。

眼光直接注视的时候，对方的眉目自然是清晰的。可惜心灵的感光，基本上是一次成像不保存底片，加上懒散，有形的面容一旦撤离视野，记忆就清理记录，大而化之地分门别类，一一归档。人的有形容貌，无法恒久烙下记忆，卷宗收留的只是提炼过的印象。

世上资产，分为有形和无形。无形资产的定义，我以为是指超出物质的实际价值，由于你的努力在人们心目中形成的信任——简言之，它是你的名字进入他人耳鼓时，呼唤起的一种美好感情。

摈除其中的商业因素，对于人的容颜来说，或可借用这个概念。

脸后有脸。

上天赋予我们的端正或歪斜的眉眼、粗糙或光滑的皮肤、颀长或粗短的身材、完整或残缺的四肢……均是我们有形的容颜，每个人后天创造发展的性格、品行、能力，属于你的无形容颜。

无形脸有正负之分。一个人只有美丽的外表，却没有相应的内在，初次结识时秀丽外形所留下的愉悦印象就会犹如沙上之塔，很快便会被残酷的现实冲刷得千疮百孔。无形容颜的毁灭，像一场“精神天花”，人际关系一旦被传染，犹如多米诺骨牌轰然倒塌。从此提起你的时候，人们会遗憾甚或恼怒地说：“那个人啊，金玉其外、败絮其中。”

无形脸不会衰老。只要我们浇灌慧根、磨砺意志、拓展胸臆，它便会从幼年开始，如同花树一般渐渐生长，直至轮廓分明、明眸皓齿、青丝不老、慈眉善目……岁月流逝，沧海桑田，但在欢喜你、亲近你的眼光中，你所留下的形象始终如一，引起的感觉永恒温暖。比如远行的双亲，纵是白发苍苍，在儿女们心中依旧是盛年音容、风采卓然。

我们习惯以思为笔，在心灵之纸上勾勒众人容貌。它和古时衙门的“画影图形”不同，与真实的形象已无关联，只对真实的情感负责。无形容貌是想象和判断的产物，摒弃工笔，重在写意。它缥缈，却比纤毫不差的实照具有更持久的魅力。

无形脸可以美丽也可以丑陋，能怒火中烧也能垂头丧气，会神采奕奕也会惨淡无光。无形容颜的营造也像一门古老的手艺，“师傅领进门，修行在个人”，如果你背信弃义，无形脸的画布上就留下贼眉鼠眼的一笔。如果你阿谀奉承，画布上就面色萎黄。如果你恃强凌弱，画布上就口眼歪斜。如果你居心叵测，画布上就血盆大口。如果你聪慧机警，画布上就眉清目秀。如果你襟怀坦荡，画布上就有浩然正气流注天庭。

我们对有形的容颜可以心平气和、随遇而安，对无形的容颜却要惨淡经营、精益求精。有形的容颜可以有疵而不坠青云之志，无形的容颜不能肮脏受污而无动于衷。

有形的脸可存不完美，无形的脸必得常修炼。

珍惜每个人的无形脸，它是品德签发的通行证。凭着优雅的无形容颜，我们可以在萍水相逢的一瞬，遭遇千金难买的信任，转危为安；我们可以在旋转的大千世界，找到志同道合的朋友，共赴天涯。

幸福和不幸永在

我不认为幸福与科学有什么成比例的关系。也就是说，它们分属于两个系统。一个是情感的范畴，属于精神的领域。一个是物质的范畴，属于无生命的领域（这样划分不严谨，对生命科学有点不敬，请原谅。我说的生命，指的是变幻万千的活体感觉）。在科学产生之前很久，幸福就存在于我们的感知之中。后来科学出现了，但幸福感并没有出现相应的增长，它们是两股道上跑的车，虽然有的时候，轨道会发生小小的交叉。

我相信在原始人那里，远在科学的胚胎还裹于子夜的黑暗襁褓之中，幸福就顽强地莅临刀耕火种的山洞。证据之一就是那个时候的人会快乐地唱歌和跳舞，还创造出玄妙的神话和精美的文字。你不能说在通红的篝火旁手舞足蹈的那些裸体的人，不知道什么是幸福。如果硬要这么说，以为只有现代人才能够知晓和享受幸福，因而看不起我们的祖先，那倘若不是出于无知，就是赤裸裸的现代沙文主义。

在某种物质十分匮乏的时候，它一旦出现，可能会在短暂的时间内激发出人们幸福的感觉。比如，一名男子十分思念热恋中的女友，如果在古代，他只有骑上一匹马，在草原上驰骋三天三夜才能一睹女友的芳颜，当他看到女友眸子的那一瞬，我相信荡漾在他内心的感觉，就是幸福。如今，当同样的思念袭来的时候，他可以买上一张机票，两小时之后就平安到达，当看到女友眸子的那一瞬，我相信他的幸福感同样强烈和震撼。

我们可以简单地说，飞机是和科学有重要关系的物件。因此，好像科学帮助了幸福。但接下来的问题是，这种幸福感是来源于马匹还是飞机？是草原上的风抑或是空中的白云？我想，可能众说纷纭，即便问当事人，也会有不同的答案。会有人说，幸福当然与马匹和飞机有关了。如果没有马匹和飞机，这对相爱的恋人如何聚到一起？从马匹到飞机，这就是科技的进步和力量，科学使幸福的感觉提前出现，并变得比以前要省事、容易。

我不同意这种意见。理由很简单，马匹和飞机只是这个人通往幸福的工具，而非幸福的理由和必然。在那架飞机上有很多乘客，有的人是例行公事，有的人还可能是奔丧。幸福和飞机无关，只和当事人的心情有关。幸福是一种心灵深层的感觉，在最初的温饱和生殖的快感解决之后，它主要来源于人的精神的满足。

我知道我的观点可能会遭到很多人的质疑。比如有人会说，当你患病的时候，突然有了特效的药品，难道你和你的亲人不会有幸福的感觉吗？这死里逃生的曙光难道不是直接来源于科学吗？

我当过很多年的医生，我知道科技的进步对生命的延续是怎样的重要，但生命延续的本身并不一定达至幸福的彼岸。生命只是幸福感得以附丽的温床，生命本身是一个中性的存在。它是既可以涂写痛苦也可以泼洒快乐的一幅白绢。当病人和他的家属为某种特效药喜极而泣的时候，那种幸福的感觉主要源自骨肉间的深情。如果没有这种生死相依的情感，任何药物都无法发动快乐和幸福的“过山车”。

科学使粮食的产量增高，但这个世界上依然有吃不饱的穷人。既然引发贫困的源头不是科学，那么由贫穷所导致的痛苦也不是科学能抚平的。科学使交通工具的速度更快，人们可以更迅捷地从甲地到乙地，但时间的缩短和幸福的产出并不呈正相关的关系。君不见朝夕相处近在咫尺的夫妻，往往并不充溢幸福，而是满怀深仇？科学使人类升上太空，得以了解遥远的太空发生的变化，但我看到一位宇航员的回忆录说，他在太空中最深刻的想法是回到地球。科学发现了核能的巨大力量，但核武器把人类推到了亘古未有的悬祸之中。科学延长了老年人的生命，但如果没有亲情的滋润和生存的尊严，这份延长的时间便与幸福毫不相干。

科学提供了产生幸福的新的机遇，但科学并不导致幸福的必然出现。我看到国外的一份心理学家的报告，说在地铁卖唱为生的流浪者和千万富翁对于幸福的感知频率与强度，几乎是一样的。当一个人晚饭没有着落的时候，一个好心人给的汉堡就能给他带来幸福的感觉，但千万富翁就丧失了得到这份幸福的缘分。幸福不是嫌贫爱富的，我们至今没有办法确知某一种情况将必然导致幸福，同样，也无法确认某一种情况将必然导致不幸。

妈妈看到婴儿的出生，想来是天下的大幸福，但对一个未婚母亲或是遭夫遗弃的妻子来说，这幸福的强度就可能要打折扣。生命消失之际按说和幸福不搭界，但我确实听到过一个人在他生命垂危之际说他很幸福，这个人就是我的父亲。这是他所给予我的最宝贵的精神财富之一，令我知道即使是面对永恒的消失，人也可以满怀幸福地沉稳走去。

说到这儿离科学就有些远了，而和人性有了更多的联系。科学要发展，人性要完善，幸福和不幸永在。

在火焰中思索

火焰中，不是一个思索的好地方。思索通常发生在静谧安宁的场合，当事人一般是舒缓放松的。即使脑海内波涛翻滚，外在的神情也必是收敛和沉着的。如果一个人大喊大叫，或是高速奔跑，或是披荆斩棘，都和稳健的思考有着相当的距离。在那种时刻，即使有所想法，也是简单的和直线式的。

俗话说，水火无情。但我想水中好像还是一个比火中适宜进行思考的场所。水是细腻的，只要不是沸水和冰水，它在短时间内给人的感受还是柔软的。有很多落难水中的人，在经过了数小时、数十小时的搏击之后依然获救，我想，同他们在水中进行了周密的思考和决策有关，也同水的特性有关。我听过一位在台风的沉船中偶然获救的船员说，他在水中一次又一次地分析海浪的方向，直到当一股最大的风浪打来的时候，他憋足气沉入其中，被那股浪推到了浅滩。

火，则要穷凶极恶得多。除去炉子和烧杯，这些被人所控的微火之外，所有的大面积的肆无忌惮的火都是灼热和暴烈的，都是狠毒和惨绝人寰的。那些貌似轻快无邪的火舌，喷溅着巨大的毒汁。想想吧，灼伤我们宝贵的瞳孔，只需要一粒小小的火星；将我们跳跃的双脚变成焦炭，只需要在滚烫的废墟中穿行几步。在火中，你还得永远提防着火焰最阴险的助手——滚滚的浓烟。也许你还没来得及和火焰正面交锋，烟尘就已将你温润的肺炙成边沿卷曲的铁板了。火中还潜伏着置人于死地的爆炸、有毒的气体、崩塌的重物、坍塌的建筑……

如果火中仅仅存有这些恐怖的东西，事情也就简单明了——用所有极端的手段扑灭它。但是，火中往往还存在着价值连城的宝藏，还存在着比这些宝藏更贵重千万倍的生命。

于是，有了救火者在火中的思考。

在那重重的金色孽龙的狂舞之中，我不知道救火者将思索些什么，那是怎样一种生命的极端困境，那是怎样一种职责的神圣抉择。

也许，救火者将思考自己的生命和他人的生命孰轻孰重？这个问题可能已经在平和的时段思索过无数遍了。但我相信，在火中，这种思考还将无数遍严酷地进行着。火焰凸现着生死的决裂，救火者，你将向何处倾斜你的天平？

也许，救火者将思索在地狱般的火海中，采用怎样的路线和方式才可达到最大限度、最快速度地救人。火场瞬息万变，形势间不容发。火中的思考将是对人的心智和决断的极大考验。我不知世上还有什么考场能比它更严苛。

也许救火者将感受到皮肤的灼痛、毛发的焚毁、骨骼的重压、呼吸的窒息……思索到用肉体去殉道德和责任的坚忍与苦难。我不知道在漫天的火阵中，有多少人勇往直前了，有多少人退缩了？但人们会永远牢记这一行业中的英烈——因为它是大智大勇者的事业，它要求人类自我战胜和精神的超越。

火焰中的思索是短暂的，也是长久的；是庄严的，也是平凡的；是神圣的，也是家常便饭。因为选择了这个职业，也就选择了这种惊世骇俗的思维之地。那个通红的片刻，将鉴定你的一生。

孤独是一种兽性

孤独这两个字，从它的偏旁与字形，一眼望去就让人想起动物世界。看来我们聪明的祖先造字的时候，就已洞察它的真髓。

很低等的动物，多半是合群的。比如海洋里庞大的虾群，丛林中的白蚁，都是数目庞大的聚合体。随着物种渐渐进化，孤独才悄然而至。清高的老虎、高傲的鹰隼、狡猾的狐狸、威猛的狮子，你见过成群结伙浩浩荡荡组织起来的吗？

等进化到了人，事情才又复杂了。人类为了各种利益，重新集结在一起。比如上千万人的城市，至今还在膨胀之中，从事某一行业的人摩肩接踵地挤在一起，房屋盖得像毒蘑菇一般紧密，公共汽车拥挤成血肉长城……

在这种情况下，人回忆孤独、渴望孤独而不得，便沉浸于寻找与回味的痛苦。

孤独是一种源于兽的洁癖和勇敢。高雅的人在说到孤独时，以为那是人类的特殊情感，其实不过是返祖之一斑。

孤独是某个生命个体独立地面对大自然的交流。自然是永恒而沉默的，只有深入它的怀抱，在万籁寂静之时，你才能感觉到它轻如发丝的震颤。

寻共鸣易，寻孤独难。因为共同的利害，无数人紧紧拴在一起，利至则同喜，利失则同悲。比如股票市场，哪里有孤独插翅的缝隙？

高官厚禄、纸醉金迷、霓裳羽衣、巧笑倩兮……都需要有人崇拜，有人喝彩，有人钟情……假若孤独着，一切岂不似沙上建塔？

这些人也经常谈论孤独。但他们说出“孤独”这个字眼的时候，表达的不过是一种利益不够辉煌的愤懑，和洁净凉爽无欲无求的孤独感大不相干。

人是软弱的动物，因为恐惧才拥挤一处，以为借此可以抵挡从天而降的风雷。即使无法抵御，因为目睹同类也遭此厄运，私心里也可生出最后的快慰。

孤独是属于兽的一种珍贵属性，表达一种独往独来的自信与勇猛，在人满为患的地球上，它已经越来越稀少了。

也许有一天，人性终于消灭了兽性，孤独就像最后一只恐龙，也会销声匿迹。

自信第一课

1972年的一天，领导通知我速去乌鲁木齐报到，新疆军区军医学校在停顿若干年后这一年第一次招生，只分给阿里军分区一个名额，首长经过研究讨论决定让我去。

按理说，我听到这个消息应该喜出望外才是。且不说我能回到平地，吸足充分的氧气，让自己被紫外线晒成棕褐色的脸庞得到“休养生息”，就是从学习的角度讲，“重男轻女”的部队能够把这样宝贵的唯一的名额分到我头上，也是天大的恩惠了。但是在记忆中，我似乎对此无动于衷，也许是雪山缺氧把大脑冻得迟钝了。我收拾起自己简单的行李，从雪山走下来，奔赴乌鲁木齐。

1969年，我从北京到西藏当兵，那种中心和边陲的，文明和旷野的，优裕和茹毛饮血的，高地和凹地的，温暖和酷寒的，五颜六色和纯白的……一系列剧烈反差让我的心发生了沧海桑田般的变化。面临死亡咫尺之遥，面对冰雪整整三年，我再也不是当初那个天真烂漫的城市女孩，内心已变得如同喜马拉雅山万古不化的寒冰般苍老。我不会为了什么突发事件和急剧的变革而大喜大悲，只会淡然承受。

入学后，从基础课讲起，用的是第二军医大学的教材，教员由本校的老师和新疆军区总医院临床各科的主任、新疆医学院的教授担任。记得有一次，考临床病例的诊断和分析，要学员提出相应的治疗方案。那是一个不复杂的病案，大致的病情是由病毒引起重度上呼吸道感染，病人发烧、流涕、咳嗽，血象低，还伴有一些阳性体征。我提出方案的时候，除了采用常规的治疗外，还加用了抗生素。

讲评的时候，执教的老先生说："凡是在治疗方案里使用了抗生素的同学都要扣分。因为这是一个病毒感染的病例，抗生素是无效的。如果使用了，一是浪费，二是造成抗药，三是无指征滥用，四是表明医生对自己的诊断不自信，一味追求保险系数……"老先生发了一通火，走了。

后来，我找到负责教务的老师，讲了课上的情况，对他说："我就是在方案中用了抗生素的学员。我认为那位老先生的讲评有不完全的地方，我觉得冤枉。"

教务老师说："讲评的老先生是新疆最著名的医院的内科主任，在国民党的军队里做到很高的医官，他的医术在整个新疆是首屈一指的。把这位老先生请来给你们讲课，校方已冒了很大的风险。他是权威，讲得很有道理。你有什么不服的呢？”

我说：“我知道老先生很棒。但是具体问题要具体分析。他提出的这个病例并没有说出就诊所在的地理位置。比如要是在我的部队，在海拔5000米以上的高原，病员出现高烧等一系列症状，明知是病毒感染，一般的抗生素无效，我也要大剂量使用。因为高原气候恶劣，病员的抵抗力大幅度下降，很可能合并细菌感染。如果到了临床上出现明确的感染征象时才开始使用抗生素，那就晚了，来不及了。病员的生命已受到严重威胁……”

教务老师沉默不语。最后，他说：“我可以把你的意见转告给老先生，但是，你的分数不能改。”

我说：“分数并不重要。您听我讲完了看法，我已知足了。”

教室的门开了，校工闪了进来，搬进来一把木椅子摆在讲案旁，且侧放。我们知道，老先生又要来了。也许是年事已高，也许是习惯，总之，老先生讲课的时候是坐着的，而且要侧着坐，面孔永远不面向学生，只是对着有门或有窗的墙壁。不知道他这是积习，还是不屑于面对我们，或是有什么难言之隐。

这一次，老先生反常地站着。他满头白发，面容黢黑如铁，身板挺直如笔管，让我笃信了他曾是国民党医官一说。

老先生目光如锥，直视大家，音量不大，但在江南口音中运了力道，话语中就有种清晰的硬度了。他说：“听说有人对我的讲评有意见，好像是一个叫毕淑敏的同学。这位同学，你能不能站起来，让我这个当老师的也认识你一下？”

我只有站起来。

老先生很注意地看了我一眼，说："好。毕淑敏，我认识你了，你可以坐下了。"

说实话，那几秒钟真把我吓坏了。不过，有什么办法呢？说出的话就像注射到肌肉里的药水一样，是没办法抠出来的。

全班寂静无声。

老先生说："毕淑敏，谢谢你。你是好学生，你讲得很好。你的话里有一部分不是从我这儿学到的，因为我还没有来得及教给你那么多。是的，作为一个好的医生，一定不能全搬书本，一定不能教条，要根据具体的情况决定治疗方案。在这一点上，你们要记住，无论多么好的老师，也不可能把所有的规则都教给你们。我没有去过毕淑敏所在的那个5000米高的阿里，但是我知道缺氧对人的影响。在那种情况下，她主张使用抗生素是完全正确的。我要把她的分数改过来……"

我听到教室里响起一阵轻微的欢呼。因为写了抗生素治疗的不仅我一个，很多同学都为这一改正而欢欣。

老先生紧接着说："但在全班，我只改毕淑敏一个人的分数。你们有人和她写的一样，还是要被扣分。因为你们没有说出她那番道理，是知其然而不知其所以然。你现在再找我说也不管事了，即使你是冤枉的也不能改。因为就算你原来想到了，但对上级医生的错误没敢指出来。对年轻的医生来说，忠诚于病情和病人，比忠实于导师要重要得多。必要的时候，你宁可得罪你的上司，也万万不能得罪你的病人……"

这席话掷地有声。事过这么多年，我仍旧能够清晰地记得老先生如锥的目光和舒缓但铿锵有力的语调。平心而论，他出的那道题目是要求给出在常规情形下的治疗方案，而我竟从某个特殊的地理环境出发，并苛求于他。对一个初出茅庐的年轻人的不够全面的异议，老先生表现出了虚怀若谷的气量和真正的医生应有的磊落品格。

真的，那个分数对我来说完全不重要，重要的是我在此番高屋建瓴的话语中悟察到了一个优等医生的拳拳之心。

我甚至有时想，班上同学应该很感激我的挑战才对。因为没过多长时间，老先生就因为身体的关系不再给我们讲课了。如果不是我无意中创造了这个机会，我和同学们的人生就会残缺一段非常宝贵的教诲。

我的三年习医生涯，在我的生命中是一个重大的转折。我从生理上洞察人体，也从精神上对自己有了更多的信任。我知道了我们的灵魂居住在怎样的一团组织之中，也知道了它们的寿命和局限。如果说在阿里的时候我对生命还是模模糊糊的敬畏，那么，老师的教诲使我确立了这样的观念：一生珍爱自身，并把他人的生命看得如珠似宝，全力保卫这宝贵而脆弱的珍品。

飘扬的长发与人生的幸福

接到一封读者来信，是一个名牌大学的男生写来的。他说恋爱过程连战累挫，女友抛弃了他，他很痛苦，简直丧失了活下去的勇气。他问我拯救自己的方式是否是马上进入下一场恋爱。他以前的每一位女友都有飘逸的长发，都是一见钟情。他说："我还要找一头长发的女孩，还要一见钟情。"

通常的读者来信，我是不回的，但这一封让我沉吟。他谈到了厌世和一个我不能同意的救赎自我的方法，我想对长发谈点看法，因为长发形成了一种绝望与新生的象征。

早年间，看到很多女孩留长发，司空见惯了，也不去寻找这后面所包含的信息。后来，我偶然发现一位已婚女友的发式常有变化，有时是长发，有时是短发。刚开始我以为这是她出于美观或是时尚的考虑，后来她告诉我这和她的婚姻状况有关。如果这一阶段她和丈夫关系不错，她就留短发。如果关系很僵，她就留长发。我说："哦，我明白了，头发和爱情密切相关。"她笑话我："亏你还是个作家呢，难道不知头发是人的第三性征？"

后来，我见到她梳起了马尾巴。说实话，那一头飘扬的长发（她的头发不错）和她满脸的皱纹实在是有些不宜。好在我已明白了头发的意义，对她说："你是下定了离婚的决心，要重新寻找新的伴侣了。"

她有些惊奇，说："我还没来得及告诉你，你怎么就知道了？"

我说："是你的头发出卖了你。"她抚摸着头发说："这是爱情的护照。"

从那以后，我就对长发留意起来。

女性的头发样式表示她的婚姻状况，这是一种集体无意识，已经深深地刻在我们的骨骼上了。女孩子为什么要留长发？首先因为一个人的头发是一个很好的"晴雨表"，可以反映这个人的健康状况。在中医学里，称"发为血之余"。一个人的头发是否健康，表示着他的血脉是否丰沛充盈，生命力是否蓬勃旺盛。服饰可以调换，颜面可以化妆，但一个人的头发，是不能完全改变的。血自骨髓来，骨髓是一个人先天后天的精华之府。骨髓的后面是肾，"肾主骨生髓"，这才是关键所在。众所周知，在东方人的文化中，肾并不仅仅是一个泌尿器官，而是和人的生殖系统有着极为密切的关系。

好了，现在我们已经逐渐涉及了问题的核心。长发在某种意义上，表达的是这个人肾的健康状况，也间接地反映着他的生殖潜能。当你以为只是展示你飘扬的长发的时候，你其实是在暴露你的健康情况。

所以，一般说来，未婚的和期望求偶的女子爱留长发。如果一个未婚女孩留个短发，大家就会说她像个假小子。女子在结婚的时候，会把头发来一个改变。正如那首著名的歌曲中唱到的："谁把你的长发盘起，谁为你做的嫁衣？"

如今，对女子头发的要求是越来越苛刻了。君不见某些品牌的洗发水广告，拍出的长发美女，那头发的长度已经到了一挂黑瀑的境地。画面曲折表达的意思是——你想赢得性感高分吗？请向我看齐。潇洒到形销骨立的刘德华干脆说："我的梦中情人，有一头长发。"潜台词即是：你想成为著名歌星的梦中情人吗？此处有一个绝好的机会——请用我们这个牌子的洗发水吧！

这种要求渐渐全方位起来。比如男性组合F4的走红，除了其他因素，我觉得和他们形象中的一头长发有相当大的关系。不单男性需要知道女性的健康和性征，女性也有同样的要求。女性潜在的平等诉求被察觉和被满足，于是蓬松长发的F4一炮走红。

就头发不厌其烦地讨论了半天，是想说明"性"这个因素，是仅次于"食"的人类本能之一，它的影响力不可低估。它在很多时候，渗入我们生活的种种缝隙中，以"缘分"甚至是"思想"这类面孔闪亮登场。

再来说说"一见钟情"。我是医生出身，见过若干就"一见钟情"的生物学分析。在那些神话般的境遇之中，很可能是男女双方的体味在相互吸引，要么就是基因的配型有着某种契合，还有免疫互补……甚至，童年经验也在润物细无声地影响着我们。不要把“一见钟情”说得那么神秘，那么不可思议，我们不是生活在真空，很多以为虚无缥缈的事件背后有着我们今天还不能彻底通晓的物质基础。

在我们以为是“天作之合”的帷幕下，有时埋伏着的不过是人的本能这个“老狐狸”。我在这里绝没有鄙薄本能的意思，但作为主人，知道有乔装打扮的“本能先生”混在客人堆里一个劲儿地劝酒，觥筹交错时，就要提防酩酊大醉，以防完全丧失了理智，被本能夺了嫡。

本能这个东西很有意思，魔力就在于我们能否察觉它。它习惯在暗中出没，魔法无边。我们被它挟制而不自知，它就是君临天下的主宰。但是，如果把它揪到光天化日之下，它就会像雪人融化一样瘫软乏力。假设那位来信的男生，知道了他期望找到一位长发女友这一先入为主的标准不过是要检验一个女子的生殖系统潜能和最近一段时间的健康状况，那么，他在考虑长发因素的时候，可能就有了更多的角度和更宽容的心态。

本能是很会乔装打扮的，它不狡猾，但它善变。能够识出它的种种变相，不仅要凭一己的经验，也要借助他人的心得和科学研究。

如果现在有人对那个男孩子讲，你选择女友的标准只是看她如何性感，我猜他一定要反驳，说：“我根本就不是那样浅薄。我们情投意合，我们非常默契，我要找到的就是和她在一起的这一份独特的感觉……”

其实在婚姻这件事上，绝对的好或是绝对的坏，大约是没有或是极少的，有的只是常态，只是平衡，只是相宜。单凭某个孤立的条件来寻找爱人，怕是不够成熟的表现。你是一个什么人你可要先认清，才好去寻找一个和你相宜的人。我很喜欢一个词，叫作“志同道合”，人们常常以为这句话是指事业，我觉得形容婚姻更妙。

有的年轻朋友会说：“我找的是伴侣，火眼金睛地把对方认清了不就得了，干吗先要从自己开刀？”

理由很简单。忠诚的人只能欣赏忠诚，而不能欣赏背叛；诚恳的人只能接纳诚恳，而不能接纳谎言；慷慨的人可以忍受一时的小气，却不会喜欢长久的吝啬；怯懦的人可以伪装暂时的勇敢，却无法在无尽的折磨中从容。谁想用婚姻改造人，只是一个幻彩的泡沫，真实只能是——人必然改造婚姻。

恋爱与婚姻是一个寻找对方更是寻找自己的过程。你整个的价值观和思想体系，都在这种亲密无间的关系中得以延伸和凸现。

如果你把金钱当作人生的要素，你就不要寻找一个侠肝义胆的爱人。因为你即使在危难中曾受惠于他，但那是他的禀性，而非对你的赞同。当有一天你祭起“金钱至上”的大旗，无论你怎样千娇百媚，还是挽不回壮士出走的决心。

如果你荆钗布裙、安于寡淡，就不要寻找一个志在鸿鹄的爱人。即使你以非凡的预见知道他会直抵云天，也不要向这预见屈服，把自己的一生押了出去。否则他的翅膀上坠着你，他无法自在遨游，你也会被稀薄的空气掠得胆战心惊。

如果你单纯以色相示人，就要准备在人老色衰的时候，被厌恶和抛弃；如果你喜欢夸夸其谈，你就等着被欺骗的结局吧。

物以类聚、人以群分。失恋男生喜欢长发和一见钟情，他就不断地被这些吸引。他把恋爱当成了一道算术题，当一个答案打上红叉的时候，就赶忙用橡皮擦掉笔迹，在毛糙的纸上写下另一个答案，殊不知他早已将题目抄错。

不要把长发当成唯一，“一见钟情”也没有什么神秘。我手头就有若干个例子，某些离散的婚姻往往始于绚烂无比的开端。比起开头，人们更重视过程和结尾，这就是“创业难，守业更难”，这就是“成百里半九十”的含义。

我在一个有鸟鸣的清晨给这位男生回信，因为我已心境沧桑，而对方是一位青年，人在清晨的时候心脉比较年轻。我说：“不要把人生匆匆结束，不要把恋爱匆匆开始。你把一件事做完再做另一件事好吗？”

他很快给我回了信。他说：“不是我没有做完，而是事情已经被女友提前结束。”我复信说：“为了你一生的幸福，你要把爱的前提好好掂量，为此花费一点时间是值得的。没想清楚之前，就不算真正结束。我明白你想用新鲜替代腐烂，想把新发丝粘在旧发丝上让它随风飘扬……可你见过馊了的牛奶吗？如果你不把酸奶倒掉，不把罐子刷洗干净便把新牛奶倒进去，那么，只怕很快我们就又要捂起鼻子了……”

他已经久未来信了。我不知他是生我的气了，还是已酝酿了新的爱情。

面具后面的脸

参观新墨西哥州乔治亚·奥基弗博物馆附设的女子艺术辅导学校。乔治亚·奥基弗是美国最杰出的女画家之一，她的那幅“头骨和白玫瑰”表达着经典的凄美和让人战栗的死亡体验。在她去世后，博物馆遵照她的遗嘱开办了女子艺术辅导学校。

指导教师杰茜娅白发黑衣，举止卓尔不群，目光熠熠生辉。一句话，开门见山。她说：“我们开设的艺术指导课程，不仅仅是指导艺术，更是指导人的全面发展。比如，根据哈佛大学的研究，经过艺术训练的女生，她们的领导才能就有所加强。”

我很感兴趣，问：“这是为什么？艺术和领导，通常好像是不搭界的。”

杰茜娅说：“艺术让人的大脑全面发展，增强人的自信心。

特别是女孩子，她们的艺术才能往往是比较突出的。如果受到重视，得到相应的训练，她们就会发现自己是有价值的。如果她们的艺术作品出色，就会不断地获奖。这样，她们就有了成功的经验。对一个孩子来说，什么最重要呢？就是有成功的经验，感觉到自己的价值。在正常的学校里，让孩子能有成功经验的机会并不是很多的。学习文法和数理化，是很枯燥的过程，很多孩子不适应。只有少数孩子能在常规的学习中感受到乐趣和成就感，大多数孩子会觉得自己不够聪明。可以这样说，常规的学习过程，给予孩子们失败的经验比较多。但是，学习艺术就不是这样了。首先我们相信一个大前提，那就是每一个孩子都必定有所长，它们冬眠着、潜伏着，等待人们的挖掘。不存在'有没有'的问题，是'一定有'，只是需要发现。再者，艺术允许广阔的想象，没有统一的标准，关于成功的概念也是更为开放和宽松的。而且，孩子和成人谁离艺术的真谛更近一些呢？是孩子，她们对世界有直觉的把握，在创作的同时也更清晰地感觉到了真实的世界。她们在艺术中学习，这种成功的经验会蔓延开来，延展到她们生活的各个领域。”

这一番话，颇有醍醐灌顶之感。当我们的某些父母只是把艺术作为一种训练、一种特长，甚至当成一块高考就业的“敲门砖”的时候，杰茜娅她们已经巧妙地把它变成了赋予孩子最初成功体验的阶梯。

是啊，有什么比一个人，特别是一个孩子的体验和记忆更重要、更珍贵呢？回想我们的一生，所以会有种种命运，虽不敢说全部，但其中偌大一部分是源自我们童年经验的烙印。“精神分析派”的师长甚至不无悲观地说，每个人一生将要上演的脚本都已在我们六岁前的经历中秘密写定。如此说来，谁能改变一个孩子的童年体验，谁就能改变他眼中的世界和他人生的蓝图。

人的记忆是非常奇怪的东西。我们希望它记住的东西，它虚与委蛇，给你一个过眼云烟；我们希望它遗忘的东西，它执拗着，死心塌地铭记。记忆的钢钉就这样不由分说地楔入灵魂最软弱的地方，却从那里发布一道道指令，陪伴你到永远。背负无法选择的记忆，挺进在人生的曲径上。记忆是有魔法的，它轻而易举地决定着我们的好恶，指导着我们的行动，规定着我们的决策，甚至操纵着我们的生涯……

中国有句俗话，叫作“三岁看老”，看来和弗洛伊德老先生的学说有异曲同工之妙。这话有前瞻之明，但也有掩饰不住的悲观和宿命。三岁之前，孩子在无知无识中酿出了怎样咸苦的卤水，让他的一生决定于此？或者反过来说，面对着一个孩子，成人世界有什么力量可以润物细无声地沁入思维的草地，从此染绿他一生的春秋？

杰茜娅女士的话正是在这个微妙的层面给我启迪和震撼。如果说教育是一种外在的渗透，那么，让孩子们深入艺术的创造之中去，就生出了内在的事半功倍的奇效。让蛰伏内心的翅膀舒展开来，让成功的霞光照亮漆黑的眸子，让最初的成功烙在心扉的玄关……童年的珍藏就会在漫长的岁月发酵，香飘一路。

面对着这样的理论和尝试，我肃然起敬。

我说："你这里走出多少艺术家？"

杰茜娅说："我从来没有统计过。"

我说："哦，她们还小。艺术的成功要很多年后才见分晓。我知道现在谈这些，一切都为时过早。"

杰茜娅说："不仅因为统计操作上的困难。开办这所学校并不是为了从小培养出几个艺术的天才，而是为了更多的孩子生活中多一些阳光和快乐，发展健全的人格。我把孩子们的艺术品都保存了起来。其实，对于她们来说，这些并不是艺术，是另外一种心灵的表达。她们并不是为了成为艺术家才进行创造的，她们把艺术当成了心灵的一部分。但是，这不正是艺术最原始、最根本的标志吗？"

我说："能否让我看看孩子们的艺术创造？"

杰茜娅说："好吧，请跟我来，在仓库里。"

那一天是休息日，宽敞的校舍里没有一个人。我走在寂静的走廊，忽然生出心灵探险的感觉。想象不出我将看到的是怎样的作品，但我确知那是一扇扇年轻的珠贝分泌出的珍珠，不论它们圆还是不圆。

杰茜娅捧出一摞石膏面具。我说："这是什么？"

杰茜娅说，这是我们做过的一次练习，题目是《面具后面的脸》。

我说："这个题目很有意思啊。"

杰茜娅说："是这样的。孩子们渐渐长大的过程，也就是她们对成人世界渐渐认识的过程。她们脱去了最初的纯真，学会戴上了面具，没有面具是不可能和不现实的。但是，人不能总在面具后面生活，特别是人对自己的面具要有清醒的认识，要知道哪些是面具，哪些是真实的自我。明白自己的面具是怎么来的，如果有可能，要将面具减到最少。要使真我和面具尽可能地统一起来。总之，就是对面具有一个明白的认识和把握，不能让面具主宰一切。”

很深刻，也很玄妙。我说：“能让我看一个具体的孩子的创作吗？”

杰西娅说：“好啊。”说完，她就从一摞面具中挑选出了一个递给我。

这是一个美丽的面具。石膏模型的正面是如花的笑脸，挑起的眉梢，长而上翘的睫毛，桃色的腮和银粉的唇，各种色彩涂得很到位、很和谐，甚至可以说是性感的。

我说：“很美。”

杰西娅说：“是啊。这个女生的名字我不告诉你，就叫她安娜吧。安娜在人前就是这个样子，可是你看看面具的后面。”

我把面具翻了过来。在面具的凹面中，填满了石子和羽毛。石子是尖锐和粗糙的，棱角分明；羽毛肮脏残破，绝非常见的蓬松，支支像劣质的鹅毛笔，横七竖八地戳着；特别是在面具背后的眼眶下面，画着一串串黑色的水滴，每一滴都拖着细长的尾巴，仿佛蝌蚪正从一个黑色的湖泊源源不断地游出来……

这个没有一个字一句话的面具，如同医院做冷冻治疗的雾气，把一种彻骨的寒冷传递到我的手掌。

是的，这就是安娜的内心，她的另一张面孔、更真实的面孔。她的母亲患癌症去世了。安娜目睹了她从患病到死亡的极端痛苦的过程，这使她深受刺激。她的父亲酗酒，夜夜醉得不省人事，她只有寄居在亲戚那里。她每天都在微笑，是一个人见人爱的孩子，她生怕别人不喜欢她。如果没有这种艺术的创造和表达，大概没有人知道她的痛苦。她被压抑的内心在这种创造中得到了舒缓，也使她认识到自己的分裂和冲突。她开始调整自己，认识到母亲的去世并不是自己的过错，她并不负有让别人都喜欢她的使命。她可以在人前流泪，也可以直率地表达自己，她有这个权利。

听到杰茜娅女士说到这里，我才深深地吁出了一口气。是的，你能说这不是艺术吗？不能。你能说这是简单的艺术吗？不能。孩子和艺术就这样天衣无缝地黏合在一起，艺术成了生活的一部分。这样的艺术直击心扉。

我说："还有吗？我非常喜欢你和孩子的创意。"

杰茜娅说，这里还有女孩子画的画。是命题的画，题目就叫《80岁的奶奶》。乔治亚·奥基弗说过：颜色和语言的意义是不一样的，颜色和形状比文字更能下定义。

我说："是请一位老奶奶做模特，让孩子画她吗？"

杰茜娅说："没有老奶奶做模特，或者说，模特就是她们自己。"

我说："此话怎讲？"

杰茜娅说："我要求每个孩子对着镜子，想象自己80岁时候的模样。要画得像，让别人一看就知道那是你；要画出沧桑和岁月的痕迹，还要画出你的职业和家庭对你的影响。因为这些随着年龄的增长，都会在人的相貌上体现出来。当然了，在画画之前，你要为自己写出一个小传。80岁的人不是凭空变成的，是经历了很多过程的人。你要心中有数，她到底走过了怎样的人生，你才能画好她。”

我说：“真是有趣得很。您的目的是什么呢？”

杰茜娅说：“除了画画的基本技巧以外，我想让女孩子知道衰老是正常的，不是可怕的。只要她们活着，就一定会变老。她们将在自己光滑的额头上画出密密的皱纹，那是岁月赠送的不可拒绝的礼物，特别是她们将要思考自己的一生怎样度过，做什么职业，成为什么样的人，包括希望建立怎样的家庭。”

我说：“我明白了，孩子是在这幅画里画出自己的理想和人生。我可以看看她们的画吗？”

杰茜娅拿出了厚厚的画稿。

她飞快地翻动。于是，我看到一位位老媪，额头和嘴角都有夸张的皱纹。头发稀疏、皮肤松弛，白发苍苍、面带微笑……在这群苍老的女人画像下面，是她们各自的小传。有女滑冰运动员、女服装设计师、女汽车制造商、女医生、女律师……有一幅最有趣，一位老奶奶的膝下围着无数的孩子，我说：“这位老奶奶是开幼儿园的吗？”

杰茜娅说：“不是。这位女生的理想就是要生这么多的孩子。”

那一瞬我非常感动，试着想想这些画的创作过程吧。一些嫩绿的叶子，对着镜子观察着自己的脸庞，然后迅速地画下脸部的轮廓，然后就是长久的沉默。她们一笔笔地在这张青春勃发的面庞上，刀刻般地画出皱纹，每一笔都是挑战和承诺。在生命的这一头，眺望生命的那一头，万千感受聚集一心，从郁郁葱葱到黄叶遍地。

“我看见被乌云藏起的月亮，我听见在水下游泳的风，我哭泣，因为我是古堡里的蚯蚓……”杰茜娅朗诵了一首女孩子创作的诗。

“艺术不仅是技术，更是灵魂的栖息之地。”配以一个有力优雅的手势，杰茜娅结束了她的谈话。

我羡慕你

我是从哪一天开始老的？不知道。就像从夏到秋，人们只觉得天气一天一天凉了，却说不出秋天究竟是哪一天来到的。生命的“立秋”是从哪一个生日开始的？不知道。青年的年龄上限不断提高，我有时觉得那都是上了年纪的人玩出的花样，为掩饰自己的衰老，便总说别人年轻。

不管怎么样，我觉得自己老了。当别人问我年龄的时候，我支支吾吾地反问一句：“您看我有多大了？”佯装的镇定当中，希望别人说出的数字要较我实际年龄稍小一些。倘若人家说的过小了，又暗暗怀疑那人是否在成心奚落。我开始越来越多地照镜子。小说中常说年轻的姑娘们最爱照镜子，其实那是不正确的。年轻人不必照镜子，世人羡慕他们的目光就是镜子，真正开始细细端详自己的容貌的是青春将逝的人们。

于是我把所有的精力放在孩子身上。记得一个秋天的早晨，刚下夜班的我强打精神，带着儿子去公园。儿子在铺满卵石的小路上走着，他踩着甬路旁镶着的花砖一蹦一跳地向前跑，将我越甩越远。

“走中间的平路！”我大声地对他呼喊。

“不！妈妈！我喜欢……”他头也不回地答道。

我蓦地站住了，这句话是那样熟悉。曾几何时，我也这样对自己的妈妈说过：“我喜欢在不平坦的路上行走。”这一切过去得多么快呀！从哪一天开始，我行动的步伐开始减慢，我越来越多地抱怨起路的不平了呢?

这是衰老确凿无疑的证据。岁月不可逆转，我不会再年轻了。

“孩子，我羡慕你！”我吓了一跳。这是实实在在的声音，从我身后传来，说得很缓慢，好像我的大脑变成一块电视屏幕，任何人都能读出上面的字幕。

我转过身。身后是一位老年妇女，周围再没有其他人。这么说，是她羡慕我。我仔细打量着她，头发花白，衣着普通。但她有一种气质，虽说身材瘦小，却有一种令人仰视的感觉。我疑惑地看着她，我不知道自己有什么值得人羡慕的地方——一个工厂里刚下夜班满脸疲惫之色的女人。

“是的。我羡慕你的年纪，你们的年纪。”她用手指轻轻点了点，将远处我儿子越来越小的身影也括了进去，“我愿意用我所获得过的一切，来换你现在的年纪。”

我至今不知道她是谁，不知道她曾经获得过的那一切都是些什么，但我感谢她让我看到了自己拥有的财富。我们常常过多地注视别人，而自己在不知不觉中失去了最宝贵的东西。人的生命是一根链条，永远有比你年轻的孩子和比你年迈的老人，我们每个人都有自己的位置，有一宗谁也掠夺不去的财宝。不要计较何时年轻，何时年老。只要我们生存一天，青春的财富就闪闪发光。能够遮蔽它的光芒的暗夜只有一种，那就是你自以为已经衰老。

年轻的朋友，不要去羡慕别人。要记住人们在羡慕我们!

面对不确定性的忍耐

什么是不确定性呢?

当然可以顾名思义。也许因为当医生出身，总是觉得这类专有名词有它固定的家族史，还是先追溯渊源、验明正身再来讨论斟酌，相对稳妥些。

在书上查到了对不确定性原理的解释。

光的含能量的量子称为光子，光子含有的能量极为微小。在日常生活里，这些微小的光子对周遭的世界好像没有什么特别的影响。但当科学家开始研究原子世界时，情况便大大不同了。原子里的粒子都是极细小的东西，比如说电子，大约十亿个十亿乘十亿的电子才有一根羽毛的重量。由于这些物质粒子是极细小的东西，如果它们被光子打中，它们会被打得偏离轨道，运动的速度也会改变。

电子很轻，它抵抗不住光子的撞击，电子就从原来的位置被撞了出去。在观察的那一瞬间，电子便被震荡，运行速度发生变化，因此转眼间又不知那电子在哪儿了，这就是著名的“不确定性原理”（Uncertainty Principle）。这定理不允许我们同时测量电子的位置又测量其速度。不能同时知道这两样数据，我们就无法预言粒子的运行轨道，或者说它是否有一个确定的运行轨道也无法知道。

这个理论如此奇特并难以想象，教人困惑。它摧毁了经典世界的因果性，摧毁了客观性和实在性。从它面世，近八十年来没有一天不受到来自各方面的质疑、指责、攻击。

我不知道这个量子力学中的经典理论和我们今天在社会生活中要谈论的不确定性有多少传承的血缘关系。抑或前者是曾祖，后者只是它的远房重孙，虽然有着割舍不断的亲缘关系，相貌上已经糅入了更多的异族之血？

如果就社会生活“不确定性”的字面含义来说，顾名思义就是这个世界有些乱套，以往的某些顺理成章的事情被颠覆，人们对自己的将来失去了把握，陷入迷茫和焦虑之中。我们会听到对一件事物比如房价的截然相反的假说，正方、反方的领军人物都赫赫有名，让我们洗耳恭听并待时间检验之后心生愤懑。某一方既然一而再、再而三地说不准，怎么还好意思在电视屏幕或报纸专栏中一如既往地口若悬河？然而腹诽或口诛之后，我们依然会守在那里等着他们继续夸夸其谈。我们既苛刻又宽容，因为面对着“不确定”的世界，越是陷入不可把握的泥潭，就越想知道他人面对“不确定”的确定看法。我们在怪圈中骑一匹跛脚的瞎马，头晕眼花依然沿着惯性旋转。再比如我们面对婚礼上的一对玉人抛洒尽了人间的祝福，但起码有一半以上的来宾对他们能否白头偕老疑窦丛生。古语说“三岁看老”，人们都预言邻居家的孩子没有出息，因为他自小说谎并且好吃懒做、偷鸡摸狗，不想他在几年牢狱之灾后居然做起了买卖，如今也成了人五人六的“中产阶级”；而对门勤劳的大叔吃起了城市低保，过春节的时候眼巴巴地等着送温暖的社区干部带来一桶大豆油……

然而无论前途多么诡谲难测，祝福还是要发，期望还是要有。

因为我们还有救。即使在量子力学的理论当中，也要强调当样本数量变得非常非常大时，概率就有用武之地了。

还拿电子来说事吧。电视的后面有一把电子枪，不断地逐行把电子打到屏幕上形成画面。对单个电子来说，人们不知道它将出现在屏幕上的哪个点，只有概率而已。不过大量电子叠加在一起，就可以组成稳定的画面了。再如保险公司没法预测一个客户会在什么时候死去，但它对一个城市的总体死亡率是清楚的，所以保险公司经营得当一定赚钱。

那些关于人类美德的基石，就是我们社会生活的概率了。还有时间的金色砝码，也是社会生活的概率了。“不确定性”指的是微观世界，越是瞬息万变的节奏，越是小的偶然性越不可预测。但量子力学的理论并不等于“放之四海而皆准”的真理，大的宏观世界就是一个概率的组合，存在着可以预测的规律，轨道就是秩序。一个奸商可以得逞于一时，却不可以牟利于久远，因为“不怕人比人，就怕货比货”。一个从牢狱大墙出来的人，不是不可能成功，但那一定是痛改前非的结果，而不是重蹈覆辙。时间本身就是甄别泥沙俱下的不确定性的最好的明矾，只是它还需要配合。

配合时间的是人们的耐心。不是一般的耐心，而是非凡的忍耐。就像电子在“布朗运动”之后排列出清晰的电视图案，这需要安静地等待。具体谈到房价是涨还是落这样的问题，怕是要先搞清要投资还是要自住。如果是投资，那就有风险，你就要独立做出对未来房价趋势走向的判断，然后为了这个判断去冒折戟沉沙的风险。不要把责任推给他人和量子，那虽然便捷却是变相的懦弱。如果一切都月朗风清、确定无误，也就消磨了机智和决断，也就荡平了投机和暴利。说到婚姻的长久与和美，只要你在这之前已经做了充分考察和准备，那就义无反顾、一往无前地走入“围城”。婚姻的双方本来就是家庭的毛坯，还需岁月长久的打磨，才能渐趋完美和谐。它的稳固和人性的完整程度呈密切的正相关，和量子力学倒是隔着万水千山。

人虽然是微小的生灵，但和没有知觉没有主观能动性的电子之类还是截然不同的。和它们相比，人毫无疑义是宏观的。人的目标是宏观的，人的努力是宏观的，人和人的集合体更是一个伟大的宏观。从人类的历史来看，不确定是暂时的，确定才是长久的。我不能确定我哪一天会死，但我可以确定活着的每一天都饶有兴趣地度过。我不能确定我的婚姻一定幸福，但我可以确定自己的诚恳和投入。我不能确定这篇关于不确定的小文是否有趣，但可以确定我已经用心用力。

挖掘心灵第一图

一位睿智老人说，在每个人的心灵深处都珍藏着一幅对这个世界最初的印象图画。它储存在脑海的褶皱中，平时被繁杂的信息遮挡，好像昏睡的幽灵不理晨昏，但它无所不在地笼罩着我们，统领着每个人对世界的基本视点。好像一纸符咒，规定了我们探询世界的角度。

这话挺玄秘的，有点巫术的味道。我不服，挑战地问："可以当场试试吗？"

老人很谦和地一笑，说："一家之言。你可以信，也可以不信。"

我说："我恰好知道一个人的心底图像。您若说中了，我就信。"

老人淡然回答："行啊。"

我说："这个人啊，脑海里留下的最朦胧也最原始的图像是一片无边的荒漠，尘沙漫天、苍黄渺茫，但他周围的小环境不错，好像是一个温暖的怀抱，有袅袅的香气环绕……"

说完，我定定地看着老人，且听他如何分解。

老人缓缓地说："他的精神世界对立而单纯，沉重而简明。对世界本质的认识充满疑惧，觉得人力无法胜天；宇宙不可知；人是孤独渺小的生物，基调混沌而迷茫。但他还会快乐而努力地活着，时时感受到温情和带着暖意的希望，寻找一个光亮、安静、芬芳的所在……"

说完后，老人问我："他是这样一个人吗？"

我抑制住自己的大惊异，说："对与不对，以后我再告诉您。现在，我最想知道的就是您这种分析的基本方法，能教我一些吗？"

老人说："少许心得，不值多说。有点占卜的意味，但并不是街头的摆摊算卦。首先，你让被试者静静地躺下，拼命想早先的事。意识好比柳絮，能飞多远飞多远。回忆的触角竭力向脑仁深处钻，最后变得似睡非睡似醒非醒，一片混沌最好。让人由眼前的明明白白泡入米汤样的童年，到了再也沉不下去的时候，他的心里就会猛地浮出一幅画。让他把这幅画讲给你听，然后……"

老人一一道来，我全身心紧急动员，照单接收。老人说："喏，基本思路就这些，剩下的事看你的悟性了。"

我说："您可要'传帮带'啊。"

其后的一段时间，我像个居心叵测的探子，不断启发诱导各色人等，把他们脑海中留下的生命原初印象挖掘出来，一一告我，由我再转达老人。老人娓娓道出其中蕴涵的深意。至于那人真实生活中的脾气品性，老人完全不感兴趣，也绝不想知道。在他的眼里，每个人的图谱就是性格之书的目录，他不过是读出来而已。

开头不顺利，第一位男人所谈简陋得像撕下的小人书碎片。

“那幅图像嘛，好像是一个黑夜，不知是灯灭了，还是眼睛得了病，总之黑暗环绕……完了，就这些。”他干巴巴地舔舔嘴唇说。

他那时黑暗，我此时也黑暗。到处像泼了墨汁，如何分析？我只好拼命启发他再想深入些。搜肠刮肚半晌，他补充如下：“我摸着黑，仿佛找到一碗粥，就把它喝下去了。我妈妈走过来，眼泪洒在我脸上。很凉……哦，就这些，再也没有了。”他坚决地结束了回忆。

真是老虎吃天啊。我沮丧地请教老人，老人说：“唔，足够了。他是个悲观主义者，一生都在寻找。他对自己终极寻找的东西究竟是什么，也闹不清楚。在这寻找的途中，他会得到温暖和利益的回报，他会很珍视亲情。但这些并不能缓解他寻找的焦虑，冲淡他与生俱来的悲哀，稀释充满他周围的茫茫黑色。”

我频频点头，最终也没有告诉老人，那是一位苦苦求索的哲学家的心底图像。反正老人并不需要他人的验证。

一个矮小的年轻人不好意思地说：“我的第一图像似乎没什么好说的，支离破碎。那是我和我弟弟在抢被窝。你知道，我小的时候家里很穷，打通腿，就是两人合盖一个被筒。谁都想自己盖得暖和些，就拼命把被子朝自己身上裹……就这些，整夜抢啊抢的。穷人家的被子小，遮了这头捂不了那头。我比弟弟个儿大，总是占上风的时候多些。这就是全部了。”

老人分析：“这个年轻人竞争性很强，在他的眼里，‘弱肉强食’是生存的基本状态。他信奉实力决定一切，因此他会不遗余力地为自己争夺尽可能多的物质利益和生存空间。但他一般不会害人，不会使用特别凶残的手段。在他的内心里，还残存着‘四海之内皆兄弟’的道义。”

实际情况是，那年轻人个子不高，说苛刻点几乎要算其貌不扬了，加上家境贫寒，按照常理该是比较自卑的。但他不，一点都不。整天意气风发、精神抖擞的，上大学，考研究生，什么都不落空。每当竞争的时候，他总是毫不退却、奋勇向前。计谋算不上很光明正大，但手段也并不卑劣，懂得趋利避害、适可而止。也许是天时加上人和，他的运气一直不错。

一位依旧美丽的中年女企业家告诉我，世界在她眼里是盘根错节的森林，热带雨林，遮天蔽日的。她在摸索着走，有时是爬，到处都有陷阱和叫不出名字的昆虫，很华丽也很狰狞……下着雨，很冷，有大毛虫发育成的极冷艳的蝴蝶在脖子后面盘旋……

我对这幅图像的真实性抱有深刻的怀疑。她祖籍北方，从未踏入北回归线以南。再说一个幼小婴孩，想象得出热带雨林的具体模样吗？还有毛虫和蝴蝶，这样复杂重叠的象征意象也是孩童难以触及的。她的叙述更像一场成人梦境，一个幻觉。

但女企业家谈话时的郑重神态，使我无法贸然认定她在说谎。

老人听完我的转述与疑问说：“这是真实的。心灵的真实不仅仅是亲眼所见，更多的时候是一种浓缩升华后的感受。哪怕你说图像尽头是一幅外星人联欢的图画，我也确信无疑。人的感受有一种特质——无比忠诚。出于种种的利害关系，它可以欺骗别人，但它为自己保留下的图谱不会是赝品。这位女性对世界的看法，是荒诞奇诡而又不乏夺人心魄的诱惑与美丽，她应该擅长打拼，奋斗出了很高的成就。她好强，勇于挑战。但在不断的挣扎寻觅中，又感到巨大的孤独与人世的险恶。她臆造了一片热带雨林……”

我无话可说。老人就像与那女人相识了一百年，用电脑扫描了她的整个人生，留下一纸谶语。

随着积累的人们心底第一图数量的增多，我渐渐发觉探索源头的奥秘对每个人是一次心灵的剖析和飞跃。知道了自己眺望世界的基本视角，便有了揭示自身很多特点的钥匙。我们也许不能改变它，却可以因此变得更加理智和从容。

老人有一天对我说：“你第一次对我描述的那个人，就是在沙漠中睁开眼睛看世界的人是谁啊？你还没有告诉我。”

我说：“那个人就是我。我母亲抱着我，行进在从新疆到北京天地一色的途中。”

我的颜料是平静

欧文女士高高的个子，高原湖泊一样蓝的眼珠，在新墨西哥州第一眼看到她的时候，就感到此人可亲近。这次到美国去，我有意识地在做一个小小试验，因为语言蹩脚，外语几乎起不到作用，我就尝试着用自己的直觉去感知一个人，辅以观察对方的形体语言，以判断他的内在情感。这样做好处成双。一是我觉得自己对人的把握更直截了当一些，好像在片刻之中，就与他的精神内核有一个碰撞。二是虽然我不懂他的语言，但我全神贯注地看着他，令对方感到自己受到尊重。

欧文女士是位美术家、工艺家，她主攻绘画，也制作蜡染之类的工艺品。她手工画出的丝绸头巾，在州立博物馆设有专柜出售。她大约五十岁，二十年前到过中国，在沈阳的一所大学教过英文。她对中国很有感情，每当我说“谢谢你拿出这么多宝贵的时间来陪我”，她就说：“不客气，我这样做很快乐，也可以练习一下我的中文。”

如果我的中文说得慢些，她就可以听懂大部分，这使我们交流的速度变得快了很多。

欧文女士开一辆越野吉普车，这在山峦起伏的新墨西哥州有广泛的用处。她每天早晨开着这车到饭店接我们，然后带着我们在阳光下飞驰。记得有一天，她说：“山上有一段路的树叶黄了，要不要去看看？”

我到远方去旅行的时候遵循着一个古老的原则，就是“客随主便”。这不但是一种礼貌，不会拂了主人的好意，更让我从中受益多多。你想啊，一个外地人，哪里知道此地什么东西好什么东西不好呢？就算有观光手册，终是隔靴搔痒。最好的风景，一定流传在当地人的口中。况且景色这东西和时辰、季节、气候的关系太大了，要看到最好的风光，一定要听从当地人的调遣。

于是我们的车出发了，在美国西部的荒原上开始了蜿蜒的旅行。在红土地上爬行了一段之后就进山了。山不高，山路的两侧和纵深地带都是笔直的杨树。我生在中国的白杨之城新疆伊犁，对杨树素有好感，也就特别观察过杨树，但我真的从未曾看到如此透亮的杨树叶，仿佛金箔剪裁而成，绝无一般黄叶的残破衰败之相，它们是朝气蓬勃、欣欣向荣、意气风发、神采奕奕的。看到这样的黄叶，你会为绿叶捏了一把汗。如果绿叶没有制造氧气这样的功用为人类所喜欢，单从审美的角度来说，宁静而纯正的黄叶是无与伦比的，充满了让人清心寡欲的生机。

一天，欧文女士抛给我一个难题，说明天上午的活动让我在两项当中任意选择。一是到另类治疗中心看治疗师实施催眠术，一是到她家看她如何在丝绸上作画。如果我想学，她愿意教我。

真是“鱼和熊掌不可兼得”，而且谁是鱼，谁是熊掌？说到这里，我倒想对这句古语发表点意见。我总觉得把鱼和熊掌列在同一类里，似乎不妥。就算古时候的熊比现在多得多，古时候的鱼比现在难抓得多，它们的味道也还是不能比。

我很想看看外国当代的催眠术是怎样的。特别是欧文女士强调了“另类”，更是激起了我强烈的好奇心。还有一个重要的因素，我估计安妮也是对催眠术的兴趣更大一些。虽然她是非常中立地为我翻译了欧文女士的意见，但依我的直觉，我猜安妮可能更想看看催眠术是如何现场操作的。

至于绘画，我真是一窍不通。我在博物馆的专业柜台上看到了欧文女士的手绘丝巾，我很喜欢，我觉得那里面有一种飘然的平缓，一种让人心绪浮动的细腻。我很想亲眼看到一位西方的艺术家是怎样在中国的丝绸上作画的。

我对安妮说：“让我想5分钟。”

我想，催眠术，无论中国的外国的都差不多吧，此地可能更神秘、更现代或是更诡谲些？虽想象不出具体的情形，恐怕万变不离其宗。

丝绸绘画一定是静谧和柔软的，它充满了欧文女士个人化的特色，离开了新墨西哥州的圣塔非，就再也领略不到这份异国的精彩。

我突然明白了自己面临的选择，实际上是在很有限的时间里，我选择让自己的神经经历一次峰回路转的惊诧，还是温柔淡定的平静？

思绪一整理清楚，选择就浮出来了。我对安妮说："很对不起你了，我想谢绝那位另类的催眠术，而到欧文女士家观赏手绘丝巾。"

安妮很诚恳地说："毕老师，你不要考虑我的喜好。我完全尊重你的选择。"

谢谢你了，善解人意的安妮。

第二天早上，欧文女士驾驶着她的越野吉普车准时来到饭店。我们出了城，沿着山路走到一个孤立的山包上，在山顶处，有一栋敦实而现代的住宅。欧文女士说："到了，这就是我的家。"

欧文女士单身过很长时间，她一直在寻找自己的意中人，她走过很多地方，很多国家。她是一个很看重爱情、婚姻和家庭的人，她一直在寻找。后来找到了自己的丈夫，婚后他们非常幸福。欧文女士说："我很庆幸自己终于找到了他。而且非常奇怪，我在全世界找这个人，却没想到这个人就在我们这座小城里。结婚的时候，我对他说：'我有艺术，你有什么？'他说：'我有房子，可以把你的艺术放在里面……'"

听到这里，我说："我知道了，您的房子一定是充满了艺术的气息。"

欧文女士说：“别的艺术我不敢说，但我敢说我的房子里充满了中国艺术的气息。”

在长满了沙生植物的山坡上，欧文女士的家像一座现代城堡。走进房门，室内笼罩在蛋清样清亮的微光中，原来采用的是日光照明，房顶上有高科技的天窗，据说即使在阴天的日子里室内也有柔光。再往里走，就有浓郁的东方味道飘荡过来。在客厅墙上，悬挂着中国的服装。在展示文物的橱柜中，可以看到芦笙、京胡、绣片、漆盘……欧文女士笑吟吟地介绍说：“京胡是好的，可以拉得响。芦笙只能看，不能吹奏了，因为买的时候就是坏的了。我想挑一个好的芦笙，但是老板告诉我，这是最后一个芦笙了……”

墙上还挂着一幅巨大的丙烯画，红艳喷薄欲出。第一眼看过去，以为把夕阳切下了一个角，仔细看才能分辨出那是鲜红欲滴的玫瑰花。我说：“我要在这朵巨大的玫瑰前面照张相，它会给我带来好运气。”

欧文女士有两间画室，她领着我们来到其中一间好似作坊的工作室里，说：“我平时画头巾就在这里，一般是不许外人参观的啊。”

欧文女士的手绘丝织头巾在博物馆的专柜里卖到80美元一条，其中丝巾的成本只占很少的一部分，最主要的价值来自欧文女士的知识产权。她请我们来到她的工作间，真是莫大的信任，我们表示深深的感谢。

欧文女士拿出两条纯白的丝巾。一条是大而正方的，一条是小而长方的。欧文女士说，大的头巾让我做试验品，小的头巾是她的教具。

“时间不多了，咱们就开始吧。”欧文女士说。

我说：“好吧，师傅。”

大家就都笑起来。

欧文女士打开她的颜料柜，我的天！这么多瓶瓶罐罐，可能有几百个吧。

欧文女士抚摸着这些瓶瓶罐罐，如同骑士抚摸着他的战马和剑。她说：“要在丝绸上作画，首先是颜料。我摸索了许久才找到这种法国出产的牌子，它的色泽在丝绸上的表现力是最好的。稀释颜料的时候要加冰醋酸，依我的经验，用一定温度的热水效果是最佳的，但是配置多种染料的时候，热水也是一个问题。我开始是用开水晾凉，但这温度不好掌握，要不停地用温度计查看。后来呀，我想出了一个法子，就可以得到温度非常适宜的热水了。你们猜，什么法子？”

我和安妮都摇头，想不出除了用水壶烧水和从暖水瓶或是饮水机扭开龙头向外放水以外，还有什么法子。

欧文女士得意地指着一台外壳染得像个花脸似的微波炉说：“我就是用它得到适宜的热水。我有一些固定的容器，把冷水注入一定的水位，然后在微波炉里加热一定的时间，就可以得到适宜温度的热水，方便得很。有时候，我的染料温度不够，我也把它们放到这里来加温。”

我看着色彩斑斓的微波炉说：“您这个技术革新，我一定要记下来。”

欧文女士说：“这个微波炉是我独身时置下的，跟随我很多年了，除了热颜料，当然也热饭，我觉得这很正常啊。结婚以后，我先生说，他不能接受在这个微波炉里热出的饭，吃到肚子里会痛的。我们就又新买了一个微波炉，我的这个炉子就专门为染料服务了。”

欧文女士用木梁制作了类似绣花绷子的架子，把丝绸头巾固定在上面，如同平整的鼓面。之后她拿出画笔，又一次让我惊叹不已。那些笔呀，全是正宗的上等中国货，古色古香，粗细兼备。

她接着传授与我：“在头巾上作画一定要用曲线，头巾是女性的珍爱，曲线最能表达女性的优美。和中国画写意中的大片留白不同，丝巾上是不可留白的。要用艳丽的色泽把整个丝巾涂得满满的，最美妙的是各种色泽相接的地方，由于丝绸的特性和染料的作用，会在颜色交叉处产生浸润和覆盖，那是很神奇的，会有意料不到的效果出现，有一点像烧瓷器时的‘窑变’。当然，交叉之处浸染的规律也很多哦，要反复练习和摸索才能掌握。”

“丝绸围巾画好之后，就要放到锅里去蒸。”欧文女士说。

我问：“为什么要蒸？”

欧文女士说：“为的是不掉颜色。丝绸围巾容易掉色，是一个很难解决的问题。特别是手绘的头巾，有的质量不过关，新的时候看着挺漂亮的，脏了一洗，不得了，颜色洇了，一塌糊涂。不知你们注意到了没有，几乎所有想买丝绸手绘头巾的人都要问一句：‘会不会掉颜色啊？’我也是研究摸索了好久，才找出了这套方法。”欧文女士说着，拿出一个巨大的蒸锅。我好不容易才忍住自己的惊奇，因为想起早年间坐长途汽车，路边的小饭馆从这种蒸锅里拿出来的包子足够全车人吃的。

“这可是我的专利啊。”欧文女士说着，把丝巾和一种特殊的纸包裹在一起，然后紧紧地卷起来，一层压着一层，折叠之后约有手掌大小，再用干净的白布裹好，摆在笼屉里。“蒸的时间要足够的长，但是火可不能大。而且，你们看我的蒸锅和街上买来的蒸锅有什么不同呢？”

我看了半天，看不出有什么不同，只好摇头。

欧文女士说：“我的锅盖是后配的啊，它是没有孔的。因为蒸丝巾有一个非常关键的点是不可漏气。所以，从街上买来的现成的蒸锅，是不能用的。蒸锅本来的用途是蒸包子的，为了让包子膨胀起来，要有蒸汽喷出的孔道。但是，蒸丝巾就完全不同了。不能让水气跑了，要让它们在锅内旋转，带着颜色渗透到蚕丝里面去。锅屉一定要用竹屉，是什么原因我不知道，但是只有竹屉蒸出来的丝巾最好。锅内不可用任何金属的器物，翻动丝巾也不可用金属，可以用木制或是竹制品。锅内的水万不可太深，如果水深了，在蒸煮的过程中水浸到了丝巾，那就对不起，前功尽弃了。为了让锅盖完全不漏气，最好用锡箔把盖子包起来，那就万无一失了。水也不可太少，如果蒸干了，整整一锅丝巾就全报废了。蒸好的丝巾要用上好的洗发香波洗一遍，注意啊，一定要用冷水，要是用了热水，对丝巾的颜色也会有影响。

“洗好之后，就是晾晒了。千万不要到太阳下面晒，但也不可在潮湿的地方慢慢阴干。要在有太阳的天气里，在太阳的阴影中将丝巾快速吹干。然后喷上熨衣浆，要喷在丝巾图案的背面，不可喷在正面。喷好熨衣浆之后，把丝巾折叠起来，稍等片刻，然后把它们熨好……”

我看欧文女士讲解得这般细致，不要说实地操作一遍，单是这样听下来都觉得辛苦，待她讲到这里，插嘴道：“熨好之后，可就大功告成了。”

欧文女士笑眯眯地看着我说：“没告成，还有点睛之笔呢！”

她说着拿出一瓶金色的染料：“我喜欢用金色签上我的名字。因为我所绘出的每一条头巾都是我的一次创造。我从来没有重复过自己。有的时候，绘出一条特别美丽的头巾，我会舍不得把它拿到博物馆的专柜出卖。我就把它留在自己的身边，但这样保留下去自己身边的丝巾越来越多，也不是个办法啊。时间长了，我就会把一些原来准备保留的丝巾送到博物馆去。送去之后，我心里又非常惦念它们，经常到专柜柜台去看望我的那些丝巾。甚至，我很希望我的这些丝巾卖不出去，那样我就可以再把它们名正言顺地收回来，保存在自己的身边。但是，很遗憾，我最喜欢的那些丝巾都以最快的速度被人挑选走了。我在伤感的同时也有满足和快乐，因为我知道了自己所喜欢的东西也是大多数人所喜欢的。能给我带来快乐和美感的东西，也给别人带来了快乐和美感。”

我听得入神，心中真羡慕欧文女士对丝巾的这种感情，好像它们是她孵出的一群鸡雏。

欧文女士讲了半天，一看表，说：“时间不早了，我们马上进入正题，你今天在这里亲手画一幅丝巾吧。”

她领我到画室配好颜料，然后帮我把丝巾绷在架子上，微笑着说：“你可以开始了。”

我不知道怎样开始，突然惊慌起来，比我当年做卫生员第一次给病人打针时还紧张。怎么把针头戳进皮肤好歹还在白萝卜上练过，可这么大的一块雪亮丝绸，一笔下去就不可更改了，心中忐忑。

欧文女士用毛笔饱蘸了天蓝色的染料，在为我做示范的小丝巾上涂上了深浅不一的条块。一边画，一边对我说：“蓝色是最丰富的色彩之一，特别是在丝绸上表现的时候，同样的一条蓝色，上沿多用些水，下沿多用些染料，就会出现立体的变幻效果。”

我颤颤巍巍地抓了笔，也蘸上了蓝色的染料，还是想不出画些什么。可能是蓝色刺激了我的想象，或者是我的想象实在贫乏，我用蘸着蓝色染料的毛笔在白丝绸上写下了一个大字——天……

欧文女士惊奇地看着我，可能因为汉字的象形性质，她一开始并没有意识到我是在写一个字，以为我是在画几缕高天流云，待看明白我是写下了一个“天”字的时候，她很欣赏地笑起来，说：“很有特点，你接着画吧。”

我却更为难了。蓝色已被写了“天”字，之后，再画或者说再写什么字呢?

欧文女士问我：“你还需要什么颜色？”

这时，一个想法蹦出脑海。我很坚决地说：“我要赭红色。”

欧文女士拿出一个颜料瓶。我端到齐眉处，对着阳光看看，说：“不是这个颜色，这个太偏向咖啡色了，我要更红一些的。”

我看安妮向欧文翻译这些话的时候，一副不知我的葫芦里卖什么药的神情。我也不解释，看了欧文向我推荐的第二种颜色，依然说：“不是。我要的不是这种颜色。”

后来，干脆是我自己动手，在欧文众多的颜料瓶里挑出一种色彩。

欧文看了，提示我说：“一般人通常是不喜欢棕色和咖啡色的。”

我说：“师傅，谢谢你告诉我，但是，这幅画我想还是要用这种颜色。”

颜色调出来了，我用笔尖蘸了色，在雪白的丝绸上用赭红色写下了“印第安”三个大字，这些字写得像搭建起来的小房子。

原来，就在前一天，我们到了印第安人的保留地参观。古老的部落，残败的建筑（那不能叫建筑，只能说是用红土夯建的小屋）衬托在蔚蓝色的天幕，给我留下了非常深刻的哀伤之感。

印第安人没有文字，于是他们的历史湮灭在荒原之上，遗留下来的就只有这近似废墟的崖壁。我想用一种东方古老的文字寄托自己苍凉无尽的追念。

欧文女士看着我的画，说："你画得不错。你把这幅画留给我，我来把最后的工序完成。

这个上午过得非常充实。临走的时候，我问欧文女士："你已经完成了多少幅手绘的丝巾？"

欧文女士说："我没有特别精确的数字。手工创作不会件件都是成品，有一些不满意的，我就把它们销毁了。大致算下来，我绘出了70000条丝巾。"

我"啊"了一声，说："那么多啊！"

欧文女士说："是啊，我说的是卖出去的数字。我一想到在世界的各个角落，有70000名妇女系着我手绘的丝巾装点着她们的生活，我就非常兴奋。"

我说："欧文女士，你可以用一句话概括你手绘丝巾的风格吗？"

欧文女士稍微思索了一下，说："我用的颜料是平静。我把我的平静融化到我的颜料中，然后把它们浸透到遥远的中国制造的丝绸中，我把平静和丝绸结合起来。"

临走的时候，欧文女士附在我的耳边说："丝巾的四个角，你一定要用鲜艳的颜料填满，因为它们会飘扬在女士的脖子上，非常重要。再有一个小秘密，你一定要记住。在你的手绘丝巾的最后一道工序没有完成之前，你千万不要给任何一个外人看，就是你最好的朋友你也不要给她看。没有完成的丝巾是不美丽的。如果你对自己的丝巾不满意，觉得它没有惊人的美丽，你就把它销毁，不要拿出来。记住，一定要把丝巾熨得平平整整，在它光彩四溢的时候，再把它拿出来。”

哑幸福

初逢一女子，憔悴如故纸。她无穷尽地向我抱怨着生活的不公，刚开始我还有点不以为然，很快就沉入她洪水般的哀伤之中了。你不得不承认，在这个世界上，有些人就是特别的倒霉，女人尤多。灾难好似一群鲨鱼，闻到某人伤口的血腥之后，就成群结队而来，肆意啄食血肉，直到将那人的灵魂曝成一架白骨。

“从刚开始，我就知道自己这辈子不会有好运气的。”她说。

我惊讶地发现，在一片暗淡的叙述中，唯有说这句话的时候，她的脸上显出生动甚至有一点得意的神色。

“你如何得知的呢？”我问。

“我小时候，一个道士说过——这小姑娘面相不好，一辈子没好运的。我牢牢地记住了这句话。当我找对象的时候，一个很出色的小伙子爱上了我。我想，我会有这么好的运气吗？没有的。我就匆匆忙忙地嫁了一个酒鬼，他长得很丑，我以为一个长相丑恶的人应该多一些爱心，该对我好，但霉运从此开始。”

我说：“你为什么不相信自己会有好运气呢？”

她固执地说：“那个道士说过的……”

我说：“或许，不是厄运在追逐着你，是你在制造着它。当幸福向你伸出银指的时候，你把自己的手掌藏在背后了，你不敢和幸福击掌。但是，厄运向你一眨眼，你就迫不及待地迎了上去。看来，不是道士预言了你的厄运，而是你的不自信引发了灾难。”

她看着自己的手，摩挲着它，迟疑地说：“我曾经有过幸福的机会吗？”

我无言。有些人残酷地拒绝了幸福，还愤愤地抱怨着，认为祥云从未经过他的天空。

幸福很矜持，遭逢的时候，它不会夸张地和我们提前打招呼。离开的时候，也不会为自己说明和申辩。

幸福是个哑巴。

幸福的镜片

现今有些家庭，简直成了“情绪火葬场”。一位女友说，先生在外面笑眯眯，人都赞他脾气好，可回到家里满脸晦气，令人沮丧。女友恼火地抗议：“你不要金玉其外，轮到自家人时，却像八大山人笔下的鱼鹰，白眼球多，黑眼球少。”先生立即反驳道：“人又不是仪器，不可能总调整在最佳状态。发愁的时候、懊恼的时候、垂头丧气的时候，你让我到哪里撒火？和领导吵吗？不敢抗上。和同事争吗？来日方长，得罪不起。在公共汽车上和不相干的人口角吗？人家招你惹你了？那不是伤及无辜，太不五讲四美了吗？”女友说：“我是你亲人，却经常看你黑脸，你这不是残害忠良吗？”先生说：“家是最隐蔽、最让人放松的场所，一个人若是在家里都不能扒下面具，赤裸裸做人，那才是大悲哀。我阴沉着脸，并非对你有恶意，只是情绪病了。你装聋作哑好了，不必同我一般见识。有什么不中听的话并非针对你，只是宣泄独自的郁闷。如果你爱我，就请原谅我的种种真实……”

女友困惑地说：“人怎么能把家庭当做消化情绪的垃圾场？这样下去，谈何幸福？”

我倒以为幸福的家庭，不妨成为回收情绪垃圾的炼炉，将成员的种种不快以至愤慨、忧愁、苦恼、悲凉都包容下来，然后紧闭炉门，不再泄漏。让那炉中真火慢慢熬炼，直到怨气焚成灰烬，随风飘逝，不见踪影。

这事说起来简便，实施的时候却很易失控。人在家居，心不设防，就像没打过麻疹疫苗的小儿，对情绪缺少抵抗力。一旦心境恶劣，极易传染他人。又因至爱亲朋，血脉相通，结果一人发火，污染全体，大家受难，很多原本是外界的小风波，最后演成家庭的“全武行”。

好的家庭要有丝网般的滤过功能。快乐的、幸福的消息，如高屋建瓴，肥水快流，多拉快跑，让佳音火速进入所有成员的耳鼓。忧郁的、不幸的消息，只要不关急务，便遮掩它，让时间冲刷它的苦涩，让风霜漂白它触目惊心的严酷。

好的家庭是会变形的镜片，能发生奇妙的折射。凸透使视物变大，凹透让东西变小。如果是愉快的源泉，哪怕只是夫妻间的一个手势、孩子捧出的一杯清水、远方朋友的一个问候、陌生人的一个祝福……都应透过放大镜，使它纤毫毕现、华光四射。让一朵杜鹃，蔓延出一片火红的山谷。让一个口哨，轰响成一部辉煌的乐章。从一片面包，憧憬今后日子的和美丰足。携一缕春风，扩展成融融暖意，铺满整个家庭空间。

如果是苦难和灾异，比如亲朋远逝、祸起萧墙、泰山压顶、骤雨狂风……降临的种种天灾人祸，经过家庭镜片的折射，都应竭力缩小它的规模——弱化压力的强度，软化尖锐的硬度，衰减振荡的烈度，压缩波及的范围，控制哀痛的伤害，减少作用的时间……让家人在家的庇护下安定心神，休养生息，疗治创口，积聚新力，重新敛起生活的勇气。

这是否是鸵鸟战术，一厢情愿？我想明晰的镜片和浑黄的沙砾有原则上的区别。无论喜讯还是噩耗，通过家庭镜片的折射，它们未曾消失，依然存在，改变的只是外界事物作用于我们的感觉。

放大欢乐、缩小痛苦，这就是幸福家庭的奇妙镜片功能。

幸福的七种颜色

幸福应该有多少种颜色呢?

“说不清。”我回答。

大家听了可能有点迷糊，说：“你自己既然不知道，为什么又曾说过幸福有七种颜色呢？”

在文化中，“七”这个数字有一点古怪。

欧洲人自古以来就格外钟情于“七”这个数字。最早的源头该是古希腊人，许多巧合都和“七”有关。希腊人认为自然界是由水、火、风、土四种元素组成的，而社会的基本细胞是家庭。把完整的家庭细分，是由父亲、母亲和孩子三方组成。再做一次加法，把自然和社会组成的世界统计一下，就有七种基本元素。古希腊人酷爱加法，认为世界的基本图形是正方形、三角形以及完美的圆形，毕达哥拉斯学派就是这一主张的坚定拥趸。你劳神把这些图形的角的数量加起来，哈！也是七。由于太多的东西与神秘的数字七有关，他们造七座坛、献七份祭、行七次叩拜之礼，什么都爱凑个七字。“七大主教”、“七大美德”，连罪也要数到“七宗罪”。当然，最著名的是神也喜欢七，于是一个星期是七天，第七天你可以休息。

七在佛教里面也是吉祥之数，有七宝、七层浮屠等。中华文化对七也颇有好感，《说文》里面说：“七，阳之正。”这个七啊，常为泛指，表明多的意思，又神秘又空灵。

托尔斯泰老人家说，幸福的家庭都是相似的，唯有不幸的家庭，各有各的不幸。我当过多年的心理医生，觉得不幸的家庭都是相似的，唯有幸福的家庭却是各有各的不同。

你可能要说，这不是成心和托尔斯泰抬杠嘛！我还没有落到那种无事生非的地步。你想啊，只有香甜的味道，才可反复品尝，才能添加更多的美味在其中，让味蕾快乐起舞。比如椰蓉，比如可可，比如奶油……丰富的层次会让你觉得生活美好万象更新。如果那底味已是巨咸、巨苦、巨涩，任你再搁进多少冰糖多少香料都顷刻消解，那难耐难忍的味道依然所向披靡，让你除了干呕，再无良策。

早年间我当兵在西藏阿里，冬天大雪封山，零下几十度的严寒，断绝了和外界的一切联系，我们每日除了工作就是望着雪山冰川发呆。有一天，闲坐的女孩子们突然争论起来，求证一片黄连素的苦可以平衡多少葡萄糖的甜（由此可见，我们已多么百无聊赖）。一派说，大约500毫升5%的葡萄糖就可以中和苦味了。另外一派说，估计不灵。500毫升葡萄糖是可以的，只是浓度要提高，起码提到10%，甚至25%……争执不下，最后决定实地测查。那时候，我们是卫生员，葡萄糖和黄连素乃手到擒来之物，说试就试。方案很简单，把一片黄连素用药钵细细磨碎了，先泡在浓度为5%的葡萄糖水里，大家分别来尝尝，若是不苦了，就算找到答案了。要是还苦，就继续向溶液里添加高浓度的葡萄糖，直到不苦了为止，然后计算比例。临到实验开始，我突然有些许不安。虽然小女兵们利用工作之便，搞到这两种药品都不费吹灰之力，但藏北到内地山路迢迢，关山重重，物品运送到阿里不容易啊，不应这样为了自己的好奇暴殄天物。黄连碎末混入到葡萄糖液里，整整一瓶原本可以输入血管救死扶伤的营养液就报废了。至于黄连素，虽不是特别宝贵的东西，能省也省着点吧。我说："咱缩减一下量，黄连素只用四分之一片，葡萄糖液也只用四分之一瓶，行不行呢？"

我是班长，大家挺尊重我的意见的，说："好啊。"有人想起前两天有一瓶葡萄糖，里面漂了个小黑点，不知道是什么杂物，不敢输入病人身体里面，现在用来做苦甜之战的试验品，也算废物利用了。

试验开始。四分之一片没有包裹糖衣的黄连素被碾成粉末（记得操作这一步骤的时候，搅动得四周空气都是苦的），兑到125毫升浓度为5%的葡萄糖水中。那个最先提出以这个浓度就可消解黄连之苦的女孩率先用舌头舔了舔已经变成黄色的液体。她是这一比例的倡导者，大家怕她就算觉得微苦，也要装出不苦的样子，损害试验的公正性，将信将疑地盯着她的脸色。没想到她大口吐着唾沫，连连叫着："苦死了，你们千万不要来试，赶紧往里面兑糖……"我们为自己"以小人之心度君子之腹"感到羞惭，拿起高浓度的糖就往黄水里倒，然后又推举一个人来尝。这回试验者不停地咳嗽，咧着嘴巴吐着舌头说："太苦了，啥都别说了，兑糖吧……"那一天，循环往复的场景就是女孩子们不断地往小半瓶微黄的液体里兑着葡萄糖，然后伸出舌尖来舔，顷刻抽搐着脸，大叫："苦啊苦啊……"

直到糖水已经浓到了几乎要拉出黏丝，那液体还是只需一滴就会苦得让人打战。试验到此被迫告停，好奇的女兵们到底也没有求证出多少葡萄糖能够中和黄连的苦味。大家意犹未尽，又试着把整片的黄连泡进剩下的半瓶里去，趁着黄连还没有融化，一口吞下，看看结果若何。这一次很快得到证明，没有融化的黄连之苦，还是可以忍受的。

把这个试验一步步说出来，真是无聊至极。不过，它也让我体会到，即使你一生中一定会邂逅黄连，比如生活强有力地非要赐予你极困窘的境遇，比如你遭逢危及生命的重患必得要用黄连解救，比如……你都可以毫无惧色地吞咽黄连。毕竟，黄连是一味良药啊！只是，千万不要人为地将黄连碾碎，再细细品尝，敝帚自珍地长久回味。太多的人习惯珍藏苦难，甚至以此自傲和自虐，这种对苦难的持久迷恋和品尝，会毒化你的感官，会损伤你对美好生活的精细体察，还会让你歧视没有经受过苦难的人。这些就是苦难的副作用。苦的力量比甜的力量要强大得多，不要把黄连碾碎，不要让它嵌入我们的生活。

只要你认真寻找，幸福比比皆是。幸福不是一种颜色，也不是七种颜色，甚至也不是一百种颜色……幸福比所有这些相加还要多，幸福是无限的。

坚持糊涂

我的一位远亲住在老干部休养所内，那里林木森森，有一种暮霭沉沉的苍凉之感，隔几年，我会到那里暂住几天。我称她为姑妈。

干休所很寂寞，只有到了周末才有些儿孙辈的来探望，带来轻微的喧闹。平日的白天，绿树掩映的一栋栋小楼，好似荒凉的农舍，悄无声息。每一栋小楼的故事，被门前的小径湮没。也有短暂的热闹时光，那是每天晚上《新闻联播》和《焦点访谈》之后，就有三三两两的老人从各自温暖的家中走出来，好像一种史前生物浮出海面，沿着干休所的甬路缓缓散步。这时分很少有车辆进出，所以，老人们放心地排着不很规则的横列，差不多壅塞了整个道路，边议论边踱着，无所顾忌地传播着国家大事和邻里小事……大约一小时之后，他们疲倦了，就稀落地散去。

我也有晚饭后散步的习惯，跟在老人们身后受限，超过他们又觉不敬，便把时间后移。姑妈怕我一个人寂寞，便陪我。

这时老人们已基本结束晚练，甬路空旷寂寥。我和姑妈随意地走着，突然，看到前方拐角的昏暗处有一个树墩状的物体移动着，之上有枝杈在不规则地摇动……

我吓了一跳，想跑过去看个究竟，姑妈一把拽住我说："别去！我们离远些！"

那个"树墩"渐渐挪远，我刚想问个明白，没想到姑妈还是紧闭着嘴，并用眼光注意侧方。我又看到一个苗条的身影，像狸猫一样轻捷地跟随着"树墩"，若隐若现地尾随而去……

那一瞬，我真被搞糊涂了。在这很有与世隔绝之感的干休所，好像有迷雾浮动。

拉开足够的距离，确信我们的谈话不会被任何人听到后，姑妈说："前面走的那个是苗部长，她偏瘫了，每天晚上发着狠锻炼。她特别要强，不愿旁人看到她一瘸一拐、手臂像弹弦子一样乱抓的模样，所以，总是要等到别人都回家以后，才一个人出来走。大伙儿都不和她打招呼，假装没看见，体谅她。后面跟的那人是她家的小保姆，暗地里照顾她，又不敢让她瞅见……"

我插嘴道："那保姆看起来岁数可不小了。"

姑妈说："平日说'小保姆'说顺嘴了，你眼力不错。苗部长以前是做组织工作的，身子瘫了，脑瓜一点不糊涂。她说保姆长期服侍病人，年龄太小，耐性恐成问题。所以，特地挑了个中年妇女，还一定要不识字的，因为她老伴老高是搞宣传的，家里藏书很多。要是挑来个识文断字的保姆，还不够她一天看故事、读小说的。这个左挑右选来的保姆叫檀嫂，你这是晚上见她，看不清楚脸面。人长得好，也干净利落，身世挺可怜的，男人死了，也没个孩子，对老苗可好了……”

第二年，我再去的时候，一切如旧，但和姑妈散步的时候，却没有看到树墩状的苗部长和狸猫样的檀嫂。我随口问道：“苗部长好了？檀嫂走了？”

即使在微弱的路灯下，我也能看到姑妈脸上浮现着高深莫测的沉思表情。“不知道。”她说，把嘴唇抿得紧紧的，好似面对刑讯的女共产党员。我也不便深问，此事轻轻带过。

再一年散步的时候，却猝不及防地看到了“树墩”。她摇晃得很厉害，手臂的划动也更加颤抖和无规则，艰难地挪着，每一个瞬间都可能整个扑到马路上，但她偏偏不可思议地挺进着。我马上去搜寻她的侧面，果然又看到了那狸猫样的身影，只是没了往日的灵动。待光线稍好，我看清檀嫂怀里抱着一个婴儿。

“苗部长病得好像更重了。”我说。

“是。”姑妈说。

“檀嫂结婚了？”我说。

“没。”姑妈说。

“那孩子是谁的？”我问。

“苗部长生的。”姑妈说。

我差点摔个大马趴，虽然脚下的路很平。我说：“姑妈，你不是开玩笑吧？且不说苗部长有重病，单说她多大年纪了？早就过了更年期了，怎么还会有孩子？”

姑妈说：“苗部长退休好几年了，你说她有多大年纪？孩子嘛，老蚌含珠，古书上也是有记载的。去年，苗部长和檀嫂很长时间不出门，后来，家就传出了月娃子的哭声……”

我说：“是不是……”

姑妈堵住我的嘴说：“天下就你聪明吗？苗部长说那娃娃是自己生的，谁又能说不是？我们这儿的人，什么都不说。”

我也什么都不说，等待着那一对奇异的散步搭档再次路过我们身旁。这一回，我站在半截冬青墙后，仔细地观察着。苗部长的面容是平静和坚忍的，她的身体仿佛在说着一句话——我要重新举步如飞！檀嫂是顺从和周到的，从她抱着孩子的姿势中，也透出浅浅的幸福之意。

我什么也说不出来。

过了两年，再去姑妈那里，散步的时候，又不见了“树墩”和“狸猫”。我问姑妈：“苗部长呢？”

“去世了。”姑妈淡淡地说。

我猛地想起“三言二拍”中常说的一句话：奸出人命赌出贼，紧张地问：“请法医鉴定了吗？”

姑妈好生奇怪地反问我：“请法医干吗？苗部长在医院住了很长时间，檀嫂服侍得非常周到。去世的时候，她拉着老高的手，说自己非常满意了，并祝老高幸福。还拉着檀嫂的手说‘谢谢’，最后她是亲吻着那个小小的孩子离世的。”

我说："后来檀嫂就和老高结婚了，现在很幸福。对吗？"

姑妈说："是的。你怎么知道的？"

我说："这件事再清楚不过了，只要有70分的智商就能理出脉络。你们这里的人都不明白吗？"

姑妈微笑着说："我们这里的人戎马一生，几乎每个人都杀过人，可是我们都不想弄明白这件事。这件事里没有人不乐意，对不对？老高要是不乐意，就没有那个孩子。苗部长要是不乐意，就不会承认那个孩子是自己生的。檀嫂要是不乐意，就不会那么精心地服侍苗部长那么长的时间……坚持把一件事弄明白不容易，始终把一件事不弄明白，坚持糊涂也不容易。你说是不是？"

我深深地点点头。

再祝你平安

那天接到一个电话，很陌生的女声，轻柔中隐含压抑，说：“毕老师，我想跟您谈谈。”

我说：“啊，你好。此时我正在工作，以后再谈，好吗？”

那女人说：“我可能没有以后了，或者说以后的我就和现在的我不一样了。我是您的读者。一次您在劳动人民文化宫签名售书，我买过您的书。那天孩子正生病，因为喜欢您，我是抱着生病的儿子去的。当时我还请您在书上留一句话，您想了想，下笔写的是‘祝你和孩子平安’。一般不会这样给人留字，是不是？而且您并不是写‘祝全家平安’。您没提到我的丈夫，您只说我和孩子。您那时一定就已看穿了我的命运，我那时是平安的。不，按时间推算，那时我就已经不平安了，但我不知道，我以为自己是平安的。现在，我不平安了，很不平安。我怎么办？我不能和任何人说我的事，心乱如麻。我狂躁地想放纵一下自己，那样也许会使我解脱。起码世上可以有人和我一样受罪受苦，我没准会好一些……”

我一边听着她的话，一边竭力回忆着，售书……生病的孩子……可惜什么也记不清。我是经常祝人平安的，觉得这是一种看似浅淡其实很值得珍惜的状态。沉默中，我知道自己不能轻易放下话筒，在电话的那一边，有一颗哭泣而战栗的心灵。

我假装茅塞顿开，说：“哦，是！我想起来了。你别急，慢慢说，好吗？现在我已经把电脑关了，什么都不写了，专门听你说话。”

女人停顿了片刻，很坚决很平静地说：“毕老师，我得了梅毒。”

那一瞬，我顿生厌恶，差点儿将话筒扔了。以我当过多年医生的阅历原不该如此震动，但我以为，一位有着如此清宁嗓音并且热爱读书的女人，是不该得这种病的。

也许正因为长久行医的训练，我在片刻憎恶后重燃了普度众生的慈悲心。你可以拒绝一个素昧平生的读者，但你不能拒绝一个殷殷求助的病人。

我说：“得了梅毒，要抓紧治。别去街上乱贴广告的江湖郎中那儿瞎看，一定要到正规的医院就诊。不要讳疾忌医，有什么症状就对医生如实说啊。”

女人说：“毕老师，您没有看不起我，我很感动。这不是我的错，是我丈夫把脏病传染给我的。我们是大学同学，整整四年啊，我们沉浸在相知的快乐中。我总想，有的人一辈子也找不到自己的那一半，但我在这样年轻的时候，一下子就碰上了，这是老天对我的恩惠，像中了一个十万分之一的大奖。毕业之后，我留在北京，他分到外地。好在他工作的机动性很强，几乎每个月都能找到机会回京。后来我们有了孩子，相亲相爱。也许因为聚少离多，从来不吵架，比人家厮守在一起的夫妻还亲近甜蜜。从去年下半年开始，他突然不回家了。你说他不恋家吧，几乎每天给家里打个长途电话，花的电话费就海了去了，没完没了地跟我说些鸡毛蒜皮的事，可就是人不回来，连春节也是在外面过的。前些日子，他总算归家了，但一副心事重重的样子。问他，什么也不说。哪怕这样，我一点疑心也不曾起过，我相信他比相信自己还坚决，就算整个世界都黑了，我们也是两个互相温暖的亮点。后来，我突然发现自己得了奇怪的病，告诉他后，他的脸变得惨白，说：'我怕牵连了你，一直不敢回家。事情过去这么长时间了，我以为自己已经完全治好了，才回来。终是没躲过，害了你。'

"我摇着他的身子大喊道：'到底是怎么回事，你老老实实说清楚！'

"他说：'一次，真的只有一次。我陪着上面来的领导到歌厅，他叫了'小姐'，问我要不要？我刚开始说不要，那领导的脸色就不好看，意思是我若不要小姐，他就不能尽兴。我怕得罪领导，就要了……事情就这么简单。三个星期后，我发现自己烂了，赶紧治。那一段时期，我的神经快要崩溃了，天天给家打电

话，但没法解脱。现在我把一切都告诉你了，我对不起你，听凭你处置。无论你采取怎样严厉的制裁，我都接受。’

“这是三天前的事。说完，他就走了。我查了书，《本草纲目》上说：“杨梅疮古方不载，亦无病者。近时起于岭表，传及四方……”他正是在广州染上的。三天了，我没合一下眼，没吃一口饭，只喝一点儿水，因为我还得照料孩子……我甚至也没想看病的事，因为我要是准备死，病也就不重要了……”

听到这里，我猛地打断她的话，说：“你先听我说几句，好吗？我行过二十多年医，早年当过医院的化验员，在高倍显微镜下观察过活的梅毒螺旋体。那是一些细小的螺丝样的苍白生物，在新鲜的墨汁里（唯有对梅毒菌，采取这种古怪的检验方式）会像香槟酒的开瓶器一样呈钻头样垂直扭动。它们简陋而邪恶，同时也是软弱和不堪一击的，在40℃的温度下，转眼就会死亡。”

我顿了一下，但不给她插话的间隙，很快接着说：“你一个良家妇女、一个受过高等教育的知识女性、一个贤惠温良的妻子、一个严谨家庭出身的女儿、一个可爱男孩的母亲，就这样为了一种别人强加给你的微小病菌，自己截断生命之弦吗？你若死了，就是败在长度只有十几微米的苍白的螺旋体手里了！”

电话在远方沉寂了很久很久，她才说：“毕老师，我不死了。但我要报复。”

我说：“好啊。在这样的仇恨之前，不报复怎能算血性女人。只是，你将报复谁？”

她说：“报复一个追求我的领导。他也是那种寻花问柳的恶棍，我一直全力地躲避他，但这回，我将主动迎上去诱惑！虽然这个领导不是那个领导，但骨子里他们是一样的，我必让他身败名裂。”

我说：“对这种人，不必污了我们的净手。他放浪形骸，螺旋体、淋病菌和艾滋病毒自会惩罚他。等着瞧，病菌有时比人类社会的法则更快捷更公平。”

女人叹了一口气说：“好吧，我依您。可我满腔愁苦何处诉？日月无光、天塌地陷啊！”

我说：“事情真有那么严重吗？你还是你，尽管身上此时存了被人暗下的病菌，但灵魂依旧清白如雪。”

她说：“我丈夫摧毁了我的信念。此刻，我万念俱灰。”

我说：“女人的信念仅仅因为丈夫而存在吗？当我们不曾有丈夫的时候，我们信谁？信自己！当丈夫背叛堕落的时候，我们信谁？信自己！当丈夫因为种种理由离我们而去的时候，我们信谁？信自己！丈夫再好，也是外部世界的一部分，变与不变，自有它的轨道，不依我们指挥。世上唯一可以永远依傍、永不动摇的，是我们自己的心灵与意志。”

电话的那一端，声响全无。许久许久，我几乎以为线路已断。当那女人重新讲话的时候，音量骤大了百分之三十。

“您能告诉我，我今后怎么办？原谅我的丈夫吗？我是一个尊严感很强的女人，无法在今后漫长的岁月里假装忘记了这件事。不忘记就无法原谅。解散这个家，所有的人都会问这是为什么。内幕就得大白天下，我也无法面对周围人和亲友悲悯的目光。我想，有没有既凑合着过下去又让我心境平衡的办法呢？只有一个方子，就是我也自选一个短儿、一个瑕疵，我和丈夫就半斤对八两了。我有一位大学男同学，对我很好。我想，等我治好病以后，当然是完完全全地好了，我就把一切告诉他，和他做一次爱，这样我和丈夫就扯平了，我的痛苦就会麻痹。您说，我是否有权利这样做？”她急切地询问，好像在洪水中扑打逃生的门板。

这一回，轮到我长久地踌躇了。我不是心理医生，不知该如何准确地回答她，只好凭感觉说：“我以为，在不违反法律的情形下，你有权利做自己想做的事。但在这之前，请三思而后行，以错误去对抗一个错误，并不像三岔路口的折返，也许会蒙出个正确的来，它往往导致更复杂更严重的错误，而绝不是回到完美。女人在沉重的打击之下，心智容易混乱。假如我们一时想不出好办法，就把痛苦放到冰箱里吧。新鲜的痛苦固然令人阵痛恐惧，但还不是最糟，我们可以在悲愤之后，化痛苦为激励。最可怕的是痛苦的腐烂和蔓延，那将不可收拾。”

她沉吟半晌，然后说：“谢谢您。我会好好地想想您说过的话。打搅您了。我在这世上，没有一个人可信任又可保密的人，只有对您说。耽误了您这么多时间，很抱歉。”

我说：“假如多少能给你一点帮助，我非常乐意减轻你的痛苦。”我又说：“最后能问你是怎样知道我的电话号码的吗？”

她在整个谈话过程中第一次轻轻地笑了，说：“信息社会，我们只要想找一个人，他就逃不掉。您说对吗？”

我也笑了，说：“对。假如今后我还有机会给你留言，会再一次写上——祝你和孩子平安。”

常常爱惜

拾起一穗遗落在秋天原野上的麦芒时，我们心中会涌起一种情感……

当水龙头正酝酿着滴落一颗水珠，一只手紧紧拧住闸门时，我们心中会涌起一种情感……

当凝望宝蓝的天空因为浓雾而昏昏沉沉时，我们心中会涌起一种情感……

当注视一个正义的人无力捍卫自己的尊严，孤苦无助的时候，我们心中会涌起一种情感……

人类将这种痛而波动的感觉命名为爱惜。

我们读这两个字的时候，通常要放低了声音，徐徐地从肺腑最柔软的孔腔吐出，怕惊碎了这薄而透明的温情。

爱惜的大前提是爱。爱是人类一种最珍贵的情感体验，它发源于深刻的本能和绵绵的眷恋。爱先于任何其他情感，轻轻沁入婴儿小而玲珑的心灵。爱那给予生命的母亲，爱那清冷的空气和滑润的乳汁。爱温暖的太阳和柔和的抚爱，爱飞舞的光影和若隐若现的乐声……

爱惜的土壤是喜欢。当我们喜欢某种东西的时候，就期冀它的长久和广大，忧郁它的衰减和短暂。当我们对喜爱之物怀有难以把握的忧虑时，吝啬是一个经常首选的对策。我们会俭省珍贵的资源，我们会珍爱不可重复的时光，我们会制造机会以期重享愉悦，我们会细水长流，反复咀嚼快乐。

于是，爱惜在不知不觉中发生了。

当我们爱惜的时候，保护的勇气和奋斗的果敢同时滋生。真爱，须用生命护卫。真爱，就会义无反顾。没有保护的爱惜，是一朵无蕊鲜花，可以艳丽，却断无果实。没有爱惜的保护，是粗鲁和威迫，是强权而不是心心相印。

爱惜常常发生，在我们不经意的时候打湿眼帘。

爱惜好比一只竹篮。随着人类的进步，它越编越大，盛着人自身，盛着绿色，盛着地球上所有的物种，盛着天空和海洋。

人生如带

人类送往太空的礼品中，有一盘录有声响的带子。

其他星球上的生物，有一天将凭着这带子认识我们地球人。

能在这样的带子上留下痕迹，该是至上的光荣。

人生的节奏越来越快。

好像有一只无形的狼犬追逐着我们，每个人都在和冥冥之中的某种速度竞赛。

有一个主宰一切的幽灵，拧紧我们的每一寸筋骨，驱使我们向前。

这是怎样一种至尊无上的力量?

它就是生命的不可重复性。

每个人诞生的时候，都是上帝之手涂抹干净的一盘磁带。伴随我们的生命，它开始缓缓地转动，录下大自然的风雨，录下慈父母的教诲，录下前人心血的结晶，录下远方未知的问号……

在带子的尽头，是沙沙走动的无声无息的空白。

每个人都顽强地想留下属于自己的声音。

带子默然向前，不理睬人们的叹息与挽留。它只保存一代又一代人类最精彩的声响，使自身更臻完美与辉煌。

与人类永恒的传送带相比，我们每个人渺小如蚁、孱弱如丝、轻淡如烟、消逝如水。

带子输送着一代又一代的人们走进宇宙的深处，那是一去不复返的轨道。

带子不断清洗着嘈杂的声音，毫无商量地拒绝重复。带子只承认最新鲜、伟大的发明，在历史的沉积中变得越来越坚硬，要在上面留下痕迹越来越艰难了。

你必须用人类迄今为止最优异的养料滋润自己的头脑，你要站在巨人的肩膀上。

巨人屹立着，并不因为你的弱小而弯下臂膀。巨人沉默着，他们敞开自己，却不肯搀扶你。攀登巨人几乎费掉我们毕生的精力，许多人在这样的探索中凝固，成为巨人的一部分，悲哀地失去了自身。

当那些最勇敢、最智慧的人攀到前所未有的高度时，迎接他们的是严寒与荒凉。

面对纷繁的星空和遥远的黑洞，你踏出高贵而孤独的脚步。

你极可能走错，湮灭如灰尘。

带子是不保留探索者的脚印的，它淡然地看着一位位先驱者仆倒，只为成功者留下位置。

宇宙用死亡限制人们的步伐。人类的每一个婴儿降生，都是历史的一次重新开始。智者离开时，卷走了他们没有诉诸文字的所有发现。

历史不记录回声。人的生命是长度固定的锁链，为了对抗死亡，为了在重复学习之余留出创造的空间，只有在每一个生命之环上负载更多的希冀与沉重，人类日益变得匆忙与紧张。

做人是越来越累了。我们已无暇再创造语言与文字这类服务于全人类的精神奢侈品，我们已在忙乱中迷失最初的意愿。人们越来越频繁地聚散，物品越来越快地更迭。我们以为过程就是终极，我们在旋转，以为是前进。

带子沉默着。冷静甚至冷酷地等待着我们。

它只记录最优秀的声音。假如世间喑哑，它就耐心地等待。

人们在万籁寂静的深夜，倾听生命的磁带。

它均匀地无声地行进着，期待着。

提醒幸福

我们从小就习惯了在提醒中过日子。天气刚有一丝风吹草动，妈妈就说：“别忘了多穿衣服。”才结识了一个朋友，爸爸就说：“小心他是个骗子。”你取得了一点成功，还没容得乐出声来，所有关心你的人就一起说：“别骄傲！”你沉浸在欢乐中的时候，自己不停地对自己说：“千万不可太高兴，苦难也许马上就要降临……”我们已经习惯了在提醒中过日子，看得见的恐惧和看不见的恐惧始终像乌鸦盘旋在头顶。

在皓月当空的良宵，我们又会收到提醒：“注意风暴。”于是我们忽略了皎洁的月光，急急忙忙做好风暴来临前的一切准备。当我们大睁着眼睛枕戈待旦之时，风暴却像迟归的羊群，不知在哪里徘徊。当我们实在忍受不了等待灾难的煎熬时，我们甚至会祈盼风暴早些到来。

风暴终于姗姗地来了。我们怅然发现，所做的准备多半是没有用的。事先能够抵御的风险毕竟有限，世上无法预计的灾难却是无限的，战胜灾难靠的更多的是临门一脚，先前的惴惴不安帮不上忙。

当风暴的尾巴终于远去，我们守住家园，气还没有喘匀，新的提醒又响起来，我们又开始对未来充满恐惧和期待。

人生总是有灾难。其实大多数人早已练就了对灾难的从容，我们只是还没有学会灾难间隙的快活。我们太注重让自己警觉苦难，我们太忽视提醒幸福。

请从此注意幸福!

幸福也需要提醒吗?

提醒注意跌倒……提醒注意路滑……提醒受骗上当……提醒宠辱不惊……先哲们提醒了我们一万零一次，却不提醒我们幸福。

也许他们认为幸福不提醒也跑不了的。也许他们以为好的东西你自会珍惜，犯不上谆谆告诫。也许他们太崇尚血与火，觉得幸福无足挂齿。他们总是站在危崖上，指点我们逃离未来的苦难。但避去苦难之后是什么?

那就是幸福啊!

享受幸福是需要学习的，当幸福即将来临的时刻需要提醒。人可以自然而然地学会感官的享乐，却无法天生掌握幸福的韵律。灵魂的快意同器官的舒适像一对孪生兄弟，时而相傍相依，时而貌合神离。

幸福是一种心灵的震颤。它像会倾听音乐的耳朵一样，需要不断地训练。

简言之，幸福就是没有痛苦的时刻。它出现的频率并不像我们想象的那样少。人们常常只是在幸福的金马车已经驶过去很远后，才捡起地上的金鬃毛说："原来我见过它。"

人们喜爱回味幸福的标本，却忽略幸福披着露水散发清香的时刻。那时候我们往往步履匆匆，瞻前顾后不知在忙着什么。

世上有预报台风的，有预报蝗虫的，有预报瘟疫的，有预报地震的，没有人预报幸福。其实幸福和世界万物一样，有它的征兆。

幸福常常是朦胧的，很有节制地向我们喷洒甘霖。你不要总希冀轰轰烈烈的幸福，它多半只是悄悄地扑面而来。你也不要企图把水龙头拧大，幸福会很快地流失，你须静静地以平和之心体验幸福的真谛。

幸福绝大多数是朴素的。它不会像信号弹似的在很高的天际闪烁红色的光芒，它披着本色外衣，温暖地包裹起我们。

幸福不喜欢喧嚣浮华，常常在暗淡中降临。贫困中相濡以沫的一块糕饼，患难中心心相印的一个眼神，父亲一次粗糙的抚摸，女友一张温馨的字条……这都是千金难买的幸福啊，像一粒粒缀在旧绸子上的红宝石熠熠夺目。

幸福有时会同我们开一个玩笑，乔装打扮而来。机遇、友情、成功、团圆……它们都酷似幸福，但它们并不等同于幸福。幸福会借了它们的衣裙袅袅婷婷而来，走得近了，揭去帏幔，才发觉它有钢铁般的内核。幸福有时会很短暂，不像苦难似的笼罩天空。如果把人生的苦难和幸福分置天平两端，苦难体积庞大，幸福可能只是一块小小的矿石，但指针一定要向幸福这一侧倾斜，因为它是生命的黄金。

幸福有梯形的切面，它可以扩大也可以缩小，就看你是否珍惜。

我们要提高对于幸福的敏感，当它到来的时刻，激情地享受每一分钟。据科学家研究，有意注意的结果比无意的要好得多。

当春天来临的时候，我们要对自己说：“这是春天啦！”心里就会泛起茸茸的绿意。

幸福的时候，我们要对自己说：“请记住这一刻！”幸福就会长久地伴随我们。

那我们岂不是拥有了更多的幸福？

所以，丰收的季节先不要去想可能的灾年，我们还有漫长的冬季来考虑这件事。我们要和朋友们跳舞唱歌，渲染喜悦。既然种子已经回报了汗水，我们就有权沉浸在幸福中。不要管以后的风霜雨雪，让我们先把麦子磨成面粉，烘一个香喷喷的面包。

所以，当我们从天涯海角相聚在一起的时候，请不要踌躇片刻后的别离。在今后漫长的岁月里，有无数孤寂的夜晚可以独自品尝愁绪。现在的每一分钟，都让它像纯净的酒精，燃烧成幸福的淡蓝色火焰，不留一丝渣滓。让我们一起举杯，说：“我们幸福。”

所以，当我们守候在年迈的父母膝下时，哪怕他们鬓发苍苍，哪怕他们垂垂老矣，你都要有勇气对自己说：“我很幸福。”因为天地无常，总有一天你会失去他们，会无限追悔此刻的时光。

幸福并不与财富、地位、声望、婚姻同步，这只是你心灵的感觉。

所以，当我们一无所有的时候，我们也能够说：“我很幸福。”因为我们还有健康的身体。当我们不再享有健康的时候，那些最勇敢的人依然可以微笑着说：“我很幸福，因为我还有一颗健康的心。”甚至当我们连心也不再存在的时候，那些人类最优秀的分子仍旧可以对宇宙大声说：“我很幸福，因为我曾经生活过。”

常常提醒自己注意幸福，就像在寒冷的日子里经常看看太阳，心就不知不觉暖洋洋、亮光光。

家庭幸福预报

今日世上多预报。比如天气预报、地震预报、商情预报、服装流行趋势预报，甚至连几十上百年后的日月食，都有了分秒不差的天象预报。不知为什么一桩婚姻诞生时，却没人对它的走向发布家庭幸福趋势预报。

料想此事太难。

人无慧眼可穿透岁月层叠的雾岚，窥见新人的沧海桑田。天会变，道亦会变。地位、相貌、健康、性格……都像拥挤的卵石，在时间的渠里磕磕绊绊，几十年冲刷下来，旧貌新颜，有的化作晶莹玛瑙，有的碎成粉渣石屑。意志不是金刚水钻，没有坚不可摧的硬度，柔软多孔的人心是善变的精灵。

更无一把衡尺，可丈量幸福的杯子是否饱满。你以为汹涌澎湃，他却道涓涓细流。你陷入悲痛欲绝，她却沉浸风花雪月。思维无并联，精神永绝缘，是动物的造化之幸，也是人的悲哀之源。幸福也许是高速车上捆绑的安全带，因人而异，松紧可调，不到车毁人亡的关头看不出它所捆定的价值。

幸福无框架，幸福无定义，幸福不会立此存照，幸福无法预支和储蓄。幸福可以压缩，幸福可以扩展。幸福无保修，幸福无退换……谁愿面对一件标准模糊的产品说短论长？

家庭的幸福难道真是百面妖魔，没有蛛丝马迹可寻？幸福的趋势，竟如盲人摸象，永无程序可考？设想婚礼的筵席上，若有预告幸福、指点迷津的权威术士，该是最受敬畏的上宾。

不知未卜先知的哲人，有何手段击穿未来烛照今夕？依我之心，窃以为该先测测双方的智商。假如智慧相等或相差在±10%的范围内，幸福便有了10分中2.5分的保障。想想看，若在几十年的耳鬓厮磨中，每一句话都呢喃两遍以上彼此才能缓缓沟通，是否慢性受刑？爱是生死与共的事，其难度不亚于“哥德巴赫猜想”。分秒必争、斗转星移的今日，大脑是每个人首要的固定资产，评估它的功能状态是严肃必备的手续。男女相悦不仅是荷尔蒙的迸发，更是理智的沟通。

教育的差异可在漫长的日子里填平补齐，更何况家中回荡的多是人生冷暖，并非先贤凝固的文字。假如智慧不对等，鸿沟非人力可填平，循环往复的“对牛弹琴”最易生出难以疗救的倦怠。世上有许多背景悬殊的夫妻，在外人以为寡淡无味的相守中其乐融融，这不仅是情操的契合，实有智慧“棋逢对手”的持久快意。

单有智商是不够的，还需品质的优良与性格的互补，分数前者占三后者占二吧。

婚姻是一场马拉松，从鬓角青青搏到白发苍苍。路边有风景，更有荆棘，你可以张望，但不能回头。风和日丽要跑，狂风暴雨也要冲，只有坚硬如铁的意志、持之以恒的耐力，才能撞到终点的红线。

婚姻在某种程度上是阴阳的大拼盘，我总怀疑性格近似是滋生不幸的助剂。粉了还要紫，绿了还要青，"雪上加霜"在搭配上也是犯忌的事。然而相反相成、刚柔相济，图纸上令人神往，实施起来难度很大。度的掌握重要而微妙。逆反太凶，则是冤家对头，虽有强的磁场引力，但长久相克，磨损太甚，只怕两败俱伤。然而适当的尺寸，又像魔鞋，缥缈大地，谁知遗走何方？有的人寻找一生，找到了，是大幸运；找不到，无望无奈，也可保有死水微澜的宁静；最怕的是委屈地将就，合久必分，却又当断不断，好像快餐店的塑料低背椅，可待片刻，难以固守一生。勉强坚持，必是颈项腰腿痛，半辈子熬过去，脊柱都弯了。

善良在幸福这锅汤里，就像优质味精，断断少不得。我看至少把1.5分给它。现今有人觉得善良简直就是无用的别号，我却以为无论在生意场社交场上，善良多么忍辱蒙羞、落荒而逃，友谊与家居却永远是它世袭罔替的领地。丧失善良的友谊，是溶了蒙汗药的酒池肉林。缺乏善良的婚姻，是无法兑现的期票。婚姻易碎，婚姻易老，善良如包裹婚姻瓷器的绵长丝缕，似保养婚姻花叶常青的圣水。

剩下的1分，不知判给谁好。机遇、门第、如影随形的契机、冥冥之中的缘分都在争抢终局的发言权。它们都很重要，假如有道判定婚姻幸福的公式，都该罗列其内。但我思索再三，决定将这场婚姻预判的最后一个因子，留给通常在爱情中受到漠视的金钱。

很世俗，但很实际。“贫贱夫妻百事哀”，当一生的基本生活需要都没有保障的时候，我不知家庭幸福的青鸟可以栖息在哪棵无果的树上做巢。婚姻里沉淀着那么多的柴米酱醋盐，每一件都与金钱息息相关。我们有许多清高的场合可以不谈钱，但家是一个必须坦荡地、经常地、反复地、赤裸裸地议论金钱的地方。对金钱的共同掌握和使用是防止家庭木桶渗漏的坚实铁箍。

钱绝不可以太少，男人女人，要用自己的双手，用血汗化作干净的金钱，注满家庭列车正常行驶的油箱。钱多比钱少好，但不要超过双方的智力与品质可以控制的范畴。单纯的金钱就像单纯的水一样，不加消毒就会慢慢蒸发变质。金钱与善良结合，才是世上很多美好事物的摇篮。

如果我们看到一对男女结成连理时，智力均衡，天性互助，多温柔宽厚之心，也不乏冷静果决之勇，坚忍友爱，钱不多也不少，顾了温饱，尚有些微节余，可以奠定共同事业的起点，那么无论他们身材多么矮小、相貌多么平凡、出身多么低微、文化多么有待提高、情感多么不善表达、誓言如何稀少轻淡……甚至在外人眼里他们的家贫寒寂静、简单简陋，我都有足够的理由期待，他们会在困窘中生长出至亲至爱的快乐与幸福。

我希望祝福成真。

假如一对新人智商殊异，性格无补，少温良仁爱的善美，多凛冽峻严的辣手，钱不是太多就是太少……无论他们身高如何匹配、相貌如何俊美、家世如何有渊源、文凭如何耀眼，情感如何缠绵、山盟海誓如何坚定……有多少外在的光环闪烁；也无论青梅竹马、患难之交、萍水相逢、千里姻缘、弄巧成拙、指腹为婚……有多少内里的故事流传，我却总带着凄凉的心境，仿佛看到幸福终结的海市蜃楼在不远处若隐若现，哀痛使我无法扮出由衷的微笑。

这一回，但愿我看走眼了吧。

幸福盲

若干年前，看过报道，西方某都市的报纸，面向社会征集“谁是世界上最幸福的人”这个题目的答案。来稿很踊跃，各界人士纷纷应答。报社组织了权威的评审团，在纷纭的答案中进行遴选和投票，最后得出了三个答案。因为众口难调，意见无法统一，还保留了一个备选答案。

按照投票者的多寡和权威们的意见，发布了“谁是世界上最幸福的人”的答案。记得大致顺序是这样的:

一、给病人做完了一例成功手术，目送病人出院的医生。

二、给孩子刚刚洗完澡，怀抱婴儿面带微笑的母亲。

三、在海滩上筑起了一座沙堡，望着自己的劳动成果的顽童。

备选的答案是：写完了小说最后一个字的作家。

消息入眼，我的第一个反应是仿佛被人在眼睛上抹了辣椒油，呛而且痛，继而十分怀疑它的真实性。这可能吗？不是什么人闲来无事，搞出来博人一笑的恶作剧吧？我还有几分惶惑和恼怒，在心扉最深处是震惊和不知所措。

也许有人说，我没看出这则消息有什么不对头的啊。再说，这正是大多数人对幸福的理解，不算别有用心或是哗众取宠啊！是的是的，我都明白，可心中还是惶惶不安。当我静下心来，细细梳理思绪，才明白自己当时的反应是一种深入骨髓的悲哀。原来我是一个幸福盲。

为什么呢？说来惭愧，答案中的四种情况在某种程度上我都经历过。我是一个母亲，给婴儿洗澡的事几乎是早年间每日的必修课。我曾是一名医生，给很多病人做过手术，目送着治愈了的病人走出医院大门的情形也经历过无数次了。儿时调皮，虽然没在海滩上筑过繁复的沙堡（这条能入选大概和那个国家四面环水有关），但在附近建筑工地的沙堆上挖个洞穴藏个“宝贝”之类的工程，肯定是干过。另外，在看到上述消息的时候，我已发表过几篇作品，因此那个在备选答案中占据一席之地的“作家完成最后一个字”之感，也有幸体验过了。

我集这几种公众认为幸福的状态于一身，可我不曾感到幸福，这真是莫名其妙而又痛苦的事情。我发觉自己出了问题，不是小问题，是大问题，这个问题如果不解决，我所有的努力和奋斗犹如沙上建塔。从最乐观的角度来说，即使是对别人有所帮助，但我本人依然是不开心的。我哀伤地承认，我是一个幸福盲。

我要改变这种情况，我要对自己的幸福负责。从那时起，我开始审视自己对于幸福的把握和感知，我训练自己对于幸福的敏感，我像一个自幼被封闭在洞穴中的人，在七彩光下学着辨析青草和艳花，朗月和白云。我体会到了那些被黑暗囚禁的盲人，手术后打开遮眼的纱布的感觉。那份诧异和惊喜，那份东张西望的雀跃和喜极而泣的泪水，是多么自然而然。

哲人说过，生活中缺少的不是美，而是发现美的目光。让我们模仿一下他的话：生活中也不缺少幸福，只是缺少发现幸福的眼光。幸福盲如同色盲，把绚烂的世界还原成了模糊的黑白照片。拭亮你幸福的瞳孔吧，你就会看到被潜藏、被遮掩、被混淆的幸福如美人鱼一般从深海中浮现，哺育着我们。

蚕是被自己的丝裹住的

蚕是被自己的丝裹住的，这是一个真理。每一个养过蚕的人和没有养过蚕的人，都知道这件事。蚕丝是一寸一寸吐出来的，在吐的时候，蚕昂着头，很快乐专注的样子。蚕并没有意识到，正是自己的努力劳动才将自己的身体束缚得紧紧的。直到被人一股脑丢进开水锅里煮死，然后那些美丽的丝成了没有生命的嫁衣。

这是蚕的悲剧。当我们说到悲剧的时候，不由自主地持了一种观望的态度。也许，是“剧”这个词将我们引入歧途，以为他人是演员，而我们只是包厢里遥远的、安全的看客。其实，作茧自缚的情况绝不如想象的那样罕见，它们广泛地存在于我们周围，空气中到处都飘荡着纷飞的乱丝。

钱的丝飞舞着。很多人在选择以钱为生命指标的时候，看到的是钱所带来的便利和荣耀。钱是单纯的，但攫取钱的手段不是那样单纯。把一样物品作为自己奋斗的目标，它的危险不在于这物品本身，而在于你是怎样获取它并消费它。或许可以说，收入的能力还比较容易掌握，支出它的能力则和人的综合素质有极大的关系，在这个意义上讲，有些人是不配享有大量的金钱的。如同一个头脑不健全的人，如果碰巧有了很大的蛮力，那么无论是对于本人还是对于他人都不是一件幸事。在一个社会财富和个人财富飞速增长的时代，钱是温柔绚丽的，钱也是漂浮迷茫的，钱的乱丝令没有能力驾驭它的人窒息，直至被它绞杀。

爱的丝也如四月的柳絮一般飞舞着，迷乱我们的眼，雪一般覆盖着视线。这句话严格说起来是有语病的。真正的爱不是诱惑是温暖，只会使我们更勇敢和智慧，但的确有很多人被爱包围着，时有狂躁。那就是爱得没有节制了。没有节制的爱如同没有节制的水和火一样，甚至包括氧气，同是灾难性的。

水火无情，大家都是知道的。但是谈到氧气，那是一种多么好的东西啊。围棋高手下棋的时候，吸氧之后，妙招迭出，让人疑心气袋之中是否藏有古今棋谱。记得我学习医科的时候，教授讲过这样一个故事。一名新护士值班，看到衰竭的病人呼吸十分困难，用目光无声地哀求她——请把氧气瓶的流量开得大些。出于对病人的悲悯，加上新护士特有的胆大，当然，还有时值夜半，医生已然休息的原因，几种情形叠加在一起，于是她想，对病人有好处的事想来医生也该同意的，就在不曾请示医生的情况下，私自把氧气流量表拧大。气体通过湿化瓶汩汩地流出，病人顿感舒服，眼中满是感激的神色，护士就放心地离开了。那夜，不巧来了其他的急重病人，当护士忙完之后，捋着一头的汗水再一次巡视病房时，发现那位衰竭的病人已然死亡。究其原因，关键的杀手竟是氧气。高浓度的氧气抑制了病人的呼吸中枢，让他在安然的享受中丧失了自主呼吸的能力，悄无声息地逝去了……

很可怕，是不是？丧失节制，就是如此恐怖，它令优美变成狰狞，使怜爱演为杀机。

谈到爱的缠裹带给我们的灾难，更是俯拾即是，放眼观察，会发现很多。多少人为爱所累，沉迷其中，深受其苦。在所有的蚕丝里面，我以为爱的丝可能是最无形而又最柔韧的一种，挣脱它也需要极高的能力和技巧。这当中的奥秘，需每一个人细细揣摩。

还有工作的丝、友情的丝、陋习的丝、嗜好的丝……或松或紧地围绕着我们，令我们在习惯的窠臼当中难以自拔。

每逢这种时候，我们常常表现得很无奈很无助，甚至还有一点点敝帚自珍的狡辩。常常可以听到有人说："我也知道自己的毛病，也不是不想改，可就是改不掉。我就是这样一个人了……"当他说完这些话的时候，就好像对自己和对众人都有了一个交代，然后脸上显出坦然无辜的样子，仿佛合上了牛皮纸封面的卷宗。

每当这种时候，我在悲哀的同时也升起怒火。你明知你的茧是你自己吐的丝凝成的，你挣扎在茧中，你想突围而出。你遇到了困难，这是一种必然，但你为自己找了种种的借口，你向你的丝退却了。你一面吃力地咬断包围你的丝，一面更汹涌地吐出你的丝，你是一个作茧自缚的高手，你比推石头的西西弗斯还惨。他的石头只是滚下又滚下，起码没有变得更大、更沉重，你的丝却在这种突围和自缚的交替中汲取了你的气力，蚕食了你的信心，它令你变得越来越不喜爱自己，退缩着在茧中藏得更深。

我们每个人都有一些茧，这些茧背负在我们的身上，吸取着我们的热量，让我们寒冷，令前进的速度受限。撕碎这茧，没有外力可供支援，只有靠自己的心和爪。

茧破裂的时候，是痛苦的。茧是我们亲手营造的小世界。茧的空间虽是狭窄的，却也是相对安全的，甚至一些不良的嗜好，当我们沉浸其中的时候，感受到的也是习惯成自然的熟络。打破了茧的蚕，被寒冷的空气、闪亮的阳光、新锐的声音、陌生的场景……刺激着、扰动着，挑战接踵而来。这种时刻的不安极易诱发退缩，但它是正常和难以避免的，是有益和富于建设性的。你会在这种变化当中感受到生命爆发的张力，你知道你活着、痛着并且成长着。

有很多人终身困于他们自己的茧中。这是他们自己的选择，当生命结束的时候，他们也许会恍然大悟：世界只是一个茧，而自己未曾真正地生活过。

忍受快乐

忍受快乐。

这个提法，好像有点不伦不类。快乐啊，好事嘛，干吗还要用“忍受”这个词？习惯里，忍受通常是和痛苦、饥寒交迫、水深火热联系在一起的。

忍受是什么呢？是一种咬紧嘴唇苦苦坚持的窘迫，是一种打碎牙齿和血吞的痛楚，是一种期待困难减弱、祈祷苦难消散的呻吟，是一种狭路相逢听天由命的无奈。

如果是忍受灾害，似乎顺理成章，忍受快乐，岂不大谬？天下会有这种人？人们惊愕着，以为这是恶意的玩笑或误会。

环顾四周，其实不欢迎快乐的人比比皆是。不信，你睁大眼睛，仔细观察一下当快乐不期而至的时候，大多数人的惊慌失措吧。

最具特征的表现是对快乐视而不见。在这些人的心底，始终有一种冷硬的声音在回响："你不配拥有……这是过眼烟云……好景终将飘逝……此刻是幻觉……人生绝非如此……啊！我太不习惯了，让这种情形快快过去吧……"

我们姑且称这种心绪为"快乐焦虑症"。

这奇怪的病症是怎样罹患的？

许多年前，我从雪域西藏回北京探家，在车轮上度过了20天时光。最终到家，结束颠沛流离之后，有几天的时间，我无法适应岿然不动的大地。当我的双脚结结实实地踩在土地上的时候，感觉怪诞和恐慌，我焦灼不安地认为，只有那种不断晃动和起伏的颠簸才是正常的。

你看，经历就是这么轻易地塑造了一个人的感受和经验。当我们与快乐隔绝太久，当我们在凄苦中沉溺太深的时候，我们往往在快乐面前一派茫然。这种陌生的感觉，本能地令我们拒绝和抵抗。当我们把病态看成了常态时，常态就成了洪水猛兽。

一些人，对快乐十分隔膜。他们习惯于打拼和搏斗，不识天真无邪的快乐为何物。他们对这种美好的感觉是那样骇然和莫名其妙，他们祷告它快快过去吧，还是沉浸在争执的旋涡中更为习惯和安然。

还有一些人，顽固地认为自己注定不会快乐。他们从幼年起就习惯了悲哀和苦痛，他们不容快乐来打扰自己，不能承受快乐的重量。他们更习惯了叹息和哀怨，甚至发展到只有在灰色的氛围里才有变态的安全感。那实际上是一种深深的忧虑造成的麻痹和衰败，他们丧失了宁静地承接快乐的本能。

他们甚至执拗地蒙起双眼，当快乐降临的时候不惜将快乐拒之门外。他们已经从“快乐焦虑症”发展到了“快乐恐惧症”。当快乐敲门的时候，他们会像打寒战一般抖起来。当快乐失望地远去之后，他们重新坠入喑哑的泥潭中昏睡了。

常常有人振振有词地说：“我不接受快乐，是因为我不想太顺利了，那样必有灾祸。”

此为不善于享受快乐的经典论调之一。快乐就是快乐，它并不是灾祸的近亲，和灾祸没有什么血缘关系。快乐并不是和冲昏头脑、想入非非必然相连。灾祸的发生自有它的轨迹，和快乐分属不同的目录。中国有句古话叫“乐极生悲”，我相信世上一定有这种巧合，快乐之后紧跟着就降临了灾难。但我要说，那并不是快乐引来的厄运，而是灾难发展到了浮出水面的阶段，灾难在许多因素的孕育下自身已然强大。越是在这种情形下，我们越是要珍惜快乐，因为它的珍贵和短暂。只有充分地享受快乐，我们才有战胜灾难的动力和勇气。

许多人缺乏忍受快乐的气度，怕自己因为享受快乐而触怒了什么神秘的力量，怕因为快乐而导致了自己的毁灭。

快乐本身是温暖和适意的，是欢畅和光亮的，是柔润和清澈的，也是激烈和富有冲击力的。

由于种种幼年和成年的遭遇，有人丢失了承接快乐的铜盘，双手掬起的只是泪水，这不是他们的过错，但是他们永远沉沦于悲哀。他们不敢享受快乐，他们只能忍受。当快乐来临的时候，他们手足无措、举止慌张，甚至以为一定是快乐敲错了门，它应该到邻居家去串门的，不知怎么搞错了地址。快乐的笑脸把他们吓坏了，他们在快乐面前感到大不自在，赶紧背过身去，快乐就只能寂寞地遁去。

快乐是一种心灵自在安详的舞蹈，快乐是爱自己的同时享有爱的欢愉，快乐是身心的舒适和松弛，快乐是一种和谐和宁静。

当我们奔波、颠簸、动荡、烦躁太久之后，我们无法忍受突然的安稳和寂静。我们在无边无际的喧闹中，遗失了最初的感动，我们已忘怀大自然的包容，我们便不再快乐。

很多人不敢接受快乐的原因，是觉得自己不配快乐。这真是一个奇怪的逻辑。快乐是属于谁的呢？难道不是像我们的手指和眉毛一样属于我们自身的吗？为什么让快乐像一个无人认领的孤儿在路口徘徊？

人是有权快乐的。甚至可以说，人就是为了享受心灵的快乐才努力奋斗，才与其他人交往的。如果这一切只是为了增加苦难，我们还有什么理由为此奋斗不息？

人是可以独自快乐的，因为人的感觉不相通。既然没有人能代替我们感受切肤之痛，也就没有人能指责我们独自快乐。不要以为快乐是自私的，当我们快乐的时候，我们就播种了快乐的种子。我们把快乐传给周围的人，我们善待周围的世界，这又怎么能说快乐是自私的呢？

当我们不接纳快乐的时候，我们实际上是不尊重自己，不相信自己，不给自己留下精神驰骋的空间。

快乐是一种无拘无束地展翅翱翔，快乐是一种淋漓尽致地挥毫泼墨，快乐是一种两情相依，快乐是一种生死无言。

对于快乐，如同对待一片丰美的草地，不要忍受，要享受。享受快乐，就是享受人生。如果不享受快乐，难道要我们享受苦难？即便苦难过后给我们留下经验，当苦难翻卷着白色的泡沫的时候，也是凶残和咆哮的。

快乐是我们人生得以有所附丽的红枫叶，快乐是维系生命之旅的坚韧缰绳。当快乐袭来的时候，让我们欢叫，让我们低吟，让我们用灵魂的相机摄下这些瞬间，让我们颔首微笑地分享它悠远的香气吧。

忍受快乐，是一种怯懦。享受快乐，是一种学习。

谎言三叶草

人总是要说谎的，谁要是说自己不说谎，这就是一个彻头彻尾的谎言。

有的人一生都在说谎，他的存在就是一个谎言。世界是由真实的材料构成的，谎言像泡沫一样浮在表面，时间使它消耗殆尽，就好像从来没有存在过似的。

有的人偶尔说谎，除了他自己，没有人知道这是一个谎言。谎言在某些时候表达的只是说话人的善良愿望，只要不害人，说说也无妨。

对谎言刻骨铭心的印象可以追溯很远。小的时候在幼儿园，每天游戏时有一个节目，就是小朋友说自己家里有什么玩具。一个说："我家有会说话的玩具青蛙。"那时我们只见过上了弦会蹦的铁皮蛤蟆，小小的心眼一算计，大人们既然能造出会跑的动物，应该也能让它叫唤，就都信了。又一个小朋友说：“我家有一个玩具火车，像一间房子那样长……”我呆呆地看着那个男孩，前一天我才到他们家玩过，绝没有看到那么庞大的火车……我本来是可以拆穿这个谎言的，但是看到大家那么兴奋地注视着说谎者，就不由自主地说：“我们家也有一列玩具火车，像操场那么长……”

“哇！哇！那么长的火车！多好啊！”小伙伴齐声赞叹。

“那你明天把它带到幼儿园里让我们看看好了。”那个男孩沉着地说。

“好啊！好啊！”大家欢呼雀跃。

我幼小身体里的血液一下凝住了。天哪，我到哪里去找那么宏伟的玩具火车？也许世界上根本就没有造出来！

我看着那个男孩，我从他小小的褐色眼珠里读出了期望。

他为什么会这么有兴趣？依我们小小的年纪，还完全不懂得落井下石……想啊想，我终于明白了。

我大声对他也对大家说：“让他先把房子一样大的火车拿来给咱们看，我就把家里操场一样长的火车带来。”

危机就这样缓解了。第二天，我悄悄地观察着大家。我真怕大伙儿追问那个男孩，因为我知道他是拿不出来的。大家在嘲笑了他之后，就会问我要操场一般大的玩具火车。我和那个男孩忐忑不安，彼此都没说什么。只是一整天都是我俩在一起玩。幸好那天很平静，没有一个小朋友提起过这件事。

我小小的心提在喉咙口很久，我怕哪个记性好的小朋友突然想起来。但是日子一天天平安地过去了，大家都遗忘了，以后再说起玩具的时候，我吓得要死，但并没有人说火车的事。

真正把心放下来是从幼儿园毕业的那天。当我离开朝夕相处的老师和小朋友的时候，当然也有点恋恋不舍，但主要是像鸟一样地轻松了，我再也不用为那列子虚乌有的火车操心了。

这是我有记忆以来最清晰的一次说谎，它给我心理上造成的沉重负担，简直是一项童年之最。在漫长的岁月里我无数次地反思，总结出几条教训。

一是撒谎其实不值得。图了一时的快活，遭了长期的苦痛，占小便宜吃大亏。不到万不得已，不要说谎。

二是说谎很普遍。且不说那个男孩显然在说谎，就是其他的小朋友也经常浸泡在谎言之中。证据就是他们并不追问我大火车的下落了。小孩的记性其实极好，他们不问并不是忘了，而是觉得此事没指望了。也就是说，他们知道这是一个骗局。他们之所以能看清真相，是因为感同身受。

三是说谎是一门学问，需要好好研究，主要是为了找出规律，知道什么时候可说谎，什么时候不可说谎，划一个严格的界限。附带的是要锻炼出一双能识谎言的眼睛，在苍茫人海中谨防受骗。

修炼多年，对于说谎的原则，我有了些许心得。

平素我是不说谎的，没有别的理由，只是因为怕累。人活在世上，真实的世界已经太多麻烦，再加上一个虚幻世界掺和在里面，岂不更乱了套？但在我的心灵深处，生长着一棵谎言三叶草。当它的每一片叶子都被我毫不犹豫地摘下来的时候，我就开始说谎了。

它的第一片叶子是善良。不要以为所有的谎言都是恶意的，善良更容易把我们载到谎言的彼岸。我当过许多年的医生，当那些身患绝症的病人殷殷地拉了我的手，眼巴巴地问："大夫，你说我还能治好吗？"我总是毫不踌躇地回答："能治好！"我甚至不觉得这是谎言。它是我和病人心中共同的希望，在不远的微明处闪着光。当事情没有糟到一塌糊涂的时候，善良的谎言也是支撑我们前进的动力啊！

三叶草的第二片叶子是此谎言没有险恶的后果，更像是一个诙谐的玩笑或是温婉的借口。比如文学界的朋友聚会是一般人眼中高雅的所在，但我多半是不感兴趣的。我对未知的事物充满了兴趣，很愿意同普通的工人、农民或是哪一行当的专家待在一起，听他们讲我不知道的故事，至于作家聚在一起要说些什么，我大概是有数的，不听也罢。但人家邀了你是好意，断然拒绝不但不礼貌，也是一种骄傲的表现，和我的本意相差太远。这时候，除了极好的老师和朋友的聚会我会兴高采烈地奔去，此外一般都是找一个借口推托了。比如我说正在写东西，或是已经有了约会……总之，让自己和别人都有台阶下。这算不算撒谎？好像要算的。但它结了一个甜甜的果子，维护了双方的面子，挺好的一件事。

第三片叶子是我为自己规定的，谎言可以为维护自尊心而说。我们常常会做错事。错误并没有什么了不起，改过来就是了。但因了错误在众人面前伤了自尊心，就由外伤变成了内伤，不是一时半会儿治得好的。我并不是包庇自己的错误，我会在没有人的暗夜深深检讨自己的问题。但我不愿在众目睽睽之下，把自己像次品一般展览。也许每个人对自尊的感受阈不同，但大多数人在这个问题上都很敏感。想当年，一个聪敏的小男孩打碎了姑姑家的花瓶没有承认，也是怕自己太丢面子了。既然革命导师都会有这种顾虑，我们自然也可原谅自己。为了自尊，我们可以说谎，同样为了自尊，我们不可将谎言维持得太久。因为真正的自尊是建立在不断完善自己的基础上的，谎言只不过是暂时的烟雾。它为我们争取来了时间，我们要在烟雾还没有消散的时候，把自己整旧如新。假如沉迷于自造的虚幻，烟雾消散之时，现实将更加窘急。

随着年龄的增长，心田里的谎言三叶草渐渐凋零。我有的时候还会说谎，但频率减少了许多。究其原因，我想，谎言有时表达了一种愿望，折射出我们对事实朦胧的希望。生命的年轮一圈圈增加，世界的本来面目像琥珀中的甲虫越发纤毫毕现，需要我们更勇敢地凝视它。我已知觉人生的第一要素不是善，而是真。我已不惧怕残酷的真相，对过失可能的恶劣的后果有了兵来将挡、水来土掩的勇气。甚至对于自尊也变得有韧性多了。自尊，便是自己尊重自己，只要你自己不倒，别人可以把你按倒在地上，却不能阻止你满面尘土、遍体伤痕地站起来。

有的人总是说谎，那不是谎言三叶草的问题，简直是荒谬的茅草地了。对这种人，我并不因为自己也说过谎而谅解他们，偶尔一说和家常便饭地说，还是有原则上的区别的。

中国有句古话，叫作“人之将死，其言也善”。我觉得这个“善”字就是真实的意思。也就是说，人到临死的时候就不说谎了。

但这个省悟，似乎来得太晚了一点。

活着而不说谎，当是人生的大境界。

人生有三件事不可俭省

无论世界变得如何奢华，我还是喜欢俭省。这已经变得和金钱没有很密切的关系，只是一个习惯。我这样说，实在是因为俭省的机会其实很多，俯拾即是、遍地滋生。比如不论牙膏管子多么丰满，你只能在牙刷毛上挤出1.5到2厘米长的膏条，而不是1尺长，因为你用不了那么多，你不能把自己的嘴巴变成螃蟹聚会的洞穴。再比如无论你坐拥多少橱柜的衣服，当暑气蒸人的时候，你只能穿一件纯棉的T恤衫，如果把貂皮大衣捂在身上，轻则长满红肿热痛的痱毒，重了就会中暑倒地、一命呜呼。俭省比奢华要容易得多，是偷懒人的好伴侣——用最直截了当的方式和最小的代价直抵目标。

然而有三件事你不能俭省。

第一件事是学习。学习是需要费用的，就算圣人孔子，答疑解惑也要收干肉为礼。学习费用支出的时候，和买卖其他货物略有不同。你不知道究竟能得到多少知识，这不单决定于老师的水平，也决定于你自己的状态，这在某种情况下就有点“隔山买牛”的味道，甚至比股票的风险还大。谁也不能保证你在付出了学费之后一定能考上大学，你只能先期投入。机遇是牵着婚纱的小童，如果你不学习，新娘就永远不会出现在你人生的殿堂。

第二件事是旅游。每个人出生的时候都是蝌蚪，长大了都变作井底之蛙。这不是你的过错，只是你的局限，但你要想法弥补。要了解世界，必须到远方去。旅游是需要花钱的，这谁都知道。旅游的好处却不是一眼就能看到的，常常需要日积月累、潜移默化的蓄积。有人以为旅游只是照一些相片买一些小小的工艺品，其实不然。旅行让我们的身体感受到不同的风和水，我们的头脑也在不同风土人情的滋养下变得机敏，目光因此多彩，谈吐因此谦逊。

第三件事情是锻炼身体。原始人没有专门锻炼身体的习惯，饥一顿饱一顿全无赘肉。生存的需要逼得他们不停奔跑狩猎，闲暇的时候就装神弄鬼，在岩壁上凿画，在篝火边跳舞，都不是轻体力劳动，积攒不下多余的卡路里。社会进步了，物质丰富了，用不完的热量成了我们挥之不去的负担。于是要人为地在机器上跋涉，在残余氯的池子里浮沉，在人造的雪和冰面上打滚，在水泥峭壁上攀爬……这真是愚蠢的奢侈啊，可我们没有办法，只有不间断地投入金钱，操练羸弱的肌肉和骨骼，才能保持最起码的力量和最基本的敏捷。

有没有省钱的方法呢？其实也是有的。把人生当作课堂，向一切人学习，就省了上学的钱。徒步到远方去，就省了旅游的钱。不用任何健身器械，就在家里踢毽子、高抬腿、做广播体操……就省了健身的钱。

然而，这也是破费，因为我们付出了时间。

谈「怕」

“怕”好像历来是个贬义词。怕什么？别怕！天不怕，地不怕，好像是人生的大境界。

其实人的一生总要怕点什么，这就是中国古代说的“相克”。金木水火土都有相克的东西。要是不相克，也就没有了相生，宇宙不就乱了套？

人小的时候怕父母。俗话说“衣食父母”，我的理解就是衣食来自父母。要是父母火了，不给你吃，不给你穿，你就丧失了基本的生存条件，饥寒交迫地活不下去了，还谈什么别的。所以父母叫你上学你就得上学，叫你成绩好你就得努力。如果一个人从小对父母没有畏惧之心（不是害怕他们本人，而是怕惹他们生气），没有讨他们欢喜之心，那这个人长大了多半要为不法之徒。

人渐渐大起来，就怕老师、怕上级、怕官怕权……总之是怕比自己更有力量的人。我想这不单是一种懦弱，而是弱小动物生存的本能。想想我们人类的祖先，不过是些猴子，虽说脑子还算得上机敏，体力实属一般。在漫长的动物排行榜上，只能在中等靠下的位置。假若什么都不怕，早就被老虎、狮子、大蟒蛇饕餮了。所以怕是一种集体无意识，怕是正常的，不怕却是需要锻炼的事。

怕是一件有理的事，每个人都生活在立体的空间中，上下左右都有掣肘。人上有人，天外有天，总有东西笼罩在你的脑瓜顶。你可以完全不考虑下情，也可以咬着牙不理左右，但你得“惧上”，否则你的位置就保不住了。所以那个无所不在、无所不能的领袖叫作“上帝”。

人须怕法，那是众人行事的准则。人还须怕天，那是自然界运行的规律。怕是一个大的框架，在这个范畴里，我们可以自由活动。假如突破了它的边缘，就成了无法无天之徒，那是人类的废品。

人有最终的一怕，就是死。因为死去的人都不曾回来告诉我们那边的情形，所以我们并不确切地知道死亡是怎样一回事，我们只是盲目地怕着，我们怕的实际是一种未知的状态。人们怕死很大的一部分是怕痛。要说死其实一点也不痛，就像在沙滩上晒太阳，暖烘烘地就过去了，怕的人一定少得多。再有怕也是怕比的，假如你活得苦不堪言，所有的感官都用来感受痛苦，在怕活和怕死之间，自然也两怕相权取其轻了。因此那极怕死之人多是很富贵、很安逸、很猖獗、凌驾一切的显赫人物，不信你看历代的皇帝都曾孜孜不倦地追寻长生不老的仙丹。

女人还有一怕，就是老，所以各色美容护肤的佳品层出不穷，种种秘不传人的方子被奉若神明。这一怕的核心是怕时间。世上有许多东西是可以对抗的，唯有时间你不可战胜。可怜女人的这个与生俱来的恐惧注定无法消除。没有哪一种胭脂可以涂抹时间，女人只好永远地怕下去，除非不在意衰老。

怕虽有理，却并非总是有利。怕的直接决策是躲，但躲不过的时候就只有迎头而上。古人所有教诲我们不要怕的语录，就发生在这一时刻，“民不畏死，何以惧之？”将最大的未知的恐惧置之度外，所有已知的苦难都不在话下，这个人的战斗力确实不可低估。

但不怕死的人也仍有一怕，那就是怕自己。死和你作对，只有一次。自己要和自己作对会有无数次。胜利的时候，它会让你骄傲，失败的时候，它诱你气馁。贫困的时候，它指使你堕落，饱暖的时候，它教促你放浪……自己的实质是欲望，欲望使我们勇敢，欲望也使我们迷失。

人生的发展，一是因了爱好，一是因了惧怕。前者，比如音乐，它并没有更实际的用途，而只是使我们愉悦。那些更实用的发明创造基本上缘于“怕”。因为害怕冷，人们发明了衣服、房屋、火炉；因为害怕热，人们发明了扇子、草帽、空调；因为害怕走路，人们发明了汽车、火车、飞机；因为害怕病痛，人们发明了中药、西药、X光、B超；因为害怕地球的孤独，人们向茫茫宇宙进行探索；因为害怕自身的衰退，人们不断高扬精神的旗帜……害怕实在是人类文明进步的“助产婆”。今后谁知道因了害怕，人类还将诞育多少婴儿，人类还将补充多少伟大的发明!

我们每个人的心里，都有一个害怕的场。这个场不要太大，那我们畏畏葸葸，就太委屈了自己。这个场也不可太小，太小了就容易人在边缘，演出不该上演的节目。它不大也不小，够我们驰骋如烟的想象，够我们度过无悔的人生。

柔和

“柔和”这个词，细想起来挺有意思的。先说“和”字，禾苗和口两部分组成，那含义大概就是有了生长着的禾苗，嘴里的食物就有了保障，人就该气定神闲、和和气气了。

这个规律，在农耕社会或许是颠扑不破的。那时只要人的温饱得到解决，其他的都好说。随着社会和科技的进步，人的较低层次需要得到满足之后，单是手中有粮，就无法抚平激荡的灵魂了。中国有句俗话，叫作“吃饱了撑的——没事找事”，可见胃充盈了之后就有新的问题滋生，起码无法达至完全的心平气和。

再说“柔”这个字。通常想起它的时候，好像稀泥一摊，没什么筋骨的模样。但细琢磨，上半部是“矛”，下半部是“木”——一支木头削成的矛，看来还是蛮有力量和进攻性的。

柔是褒义，比如“柔韧、以柔克刚、刚柔相济、百炼钢化作绕指柔”，都说明它和阳刚有着同样重要的美学价值。

记得早年当医学生的时候，一天课上先生问道：“大家想想，用酒精消毒什么浓度为好？”学生齐声回答：“当然是越高越好啦！”先生说：“错了。太高浓度的酒精会使细菌的外壁在极短的时间内凝固，形成一道屏障，后续的酒精就再也杀不进去了，细菌在壁垒后面依然活着。最有效的浓度，是把酒精调得柔和些，润物无声地渗透进去，效果才佳。”

于是我第一次明白，柔和有时比粗暴更有力量。

柔和是一种品质与风格。它不是丧失原则，而是一种更高境界的坚守，一种不曾剑拔弩张，依旧坚守尊严的艺术。柔和是内在的原则和外在的弹性充满和谐的统一，柔和是虚怀若谷的谦逊和冷暖相宜的交流。

现代人在风驰电掣的忙碌中，是多么期望自己和他人的柔和啊。不信，你看看报上的征婚广告，净是征求性格柔和的伴侣。人们希望目光是柔和的、语调是柔和的、面庞的线条是柔和的、身体是柔和的……

当我们轻轻念出“柔和”这个词的时候，你会觉得有一缕淡蓝色的温润弥漫在唇舌之间。

有人追索柔和，以为那是速度和技巧的掌握。书刊上有不少教授柔和的小诀窍，比如怎样让嗓音柔和、手势柔和。我见过一个女孩子，为了使性情显出柔和，在手心用油笔写了大大的“慢”字，天天描一遍，掌总是蓝的，以致扬手时常吓人一跳，以为她练了邪门武功。她为自己规定每说一句话之前，在心中从1到10默数，但她除了让人感到木讷和喜怒无常外，与柔和完全不搭界。

一个人的心如若不柔和，所有对柔和外在形式的模仿和操练，都是沙上楼阁。

看看天空和海洋吧，当它们最美丽和最博大，最安宁和最清洁的时候，它们是柔和的。

只有自己的心成长了，才会在不经意之间收获柔和。

我们的声音柔和了，就更容易渗透到辽远的空间；我们的目光柔和了，就更轻灵地卷起心扉的窗纱；我们的面庞柔和了，就更流畅地传达温暖的诚意；我们的身体柔和了，就更准确地表明与人平等的信念。

柔和，是力量的内敛和高度自信的宁馨儿，愿你在某一个清晨，感觉柔和像云雾一般悄然袭身。

自拔

自己把自己拔出来，我喜欢“自拔”这个词。不是跳出来或是爬出来，而是“拔”。小时候玩过“拔萝卜”的游戏，那是要一群小朋友化装成动物，齐心合力才能完成的“事业”。现代人常常陷在压力的泥沼中，难以享受生活的美好，把自己从压力中拔出来也是一项系统工程。

“压力”本是一个物理词汇，比如气压、水压、风压。推广开来，医学上有血压、脑压、颅内压等，多属于专业名词，不料如今风云突变，压力成了高频词。生活有压力，经济有压力，学业有压力，晋升有压力，人际关系有压力，情感世界有压力，婚姻也有压力……人们的交谈中，无不涉及林林总总的压力。压力像汽油桶被打翻，弥散到现代生活的各个领域，散发着浓烈的气味，我们躲不胜躲，防不胜防，它不定在哪个瞬间就燃起火焰。

其实，适当的压力是保持活性的重要条件。如果空气没有了压力，我们的呼吸就会衰竭；如果血液没有了压力，我们的四肢就会瘫痪；如果水管子没有了压力，那结果是让任何一个住在高层楼房的人都噤若寒蝉的，你将失去可饮可用的清洁水。20世纪的石油英雄“王铁人”也说过，“井无压力不出油，人无压力不进步”。

只是这压力须适度。比如冬日里柔柔的阳光照在身上，这是一种轻松的压力，让我们温暖和振奋。设想这压力增加十倍，在吐鲁番酷热的夏季，大伙儿只有躲到地窖里才能过活。假如这压力继续增加，到了百倍千倍，结果就是人们成了一堆焦炭了。

现代人常常陷于压力构建的如焚困境之中。也许是某一方面的压力过强，也许是多方面的压力综合在一起。如是后者，单独某一方面的压力尚可容忍，但积少成多、日积月累，细微的压力堆积起来就成了如山的重负。金属都有疲劳的时候，遑论血肉之躯？如不减压，真怕有一天成了齑粉。

如果你因压力忙到无力自拔，忙到昏天黑地，忘记了自己的生日和家人的聚会，忘掉了自己如此辛辛苦苦究竟是为了什么，如果你想改变，就试着了解压力吧。寻找压力的种种成因，为扑朔迷离、捉摸不定的压力画像，澄清了我们对压力的迷惘之处，让折磨我们的压力毒蛇从林莽之中现形，让我们对压力的全貌和运转的轨迹有较为详尽的了解。中国的兵法上有句古话，叫“知己知彼，百战不殆”，当你认识到了你所承受的压力的强度和种类，在某种程度上你就已经钉住了压力毒蛇的“七寸”。

明白了压力的起承转合，找到了适合自己的减压方式之后，你的呼吸就会轻松一点，胸中的块垒也会松动出些许的空隙。坚持下去，持之以恒，你就会一寸寸地脱离沉重的压力，把自己成功地拔出来。也许在某一个清晨醒来的时候，你就会突围而出，像蝴蝶一样飞舞。

逃避苦难

万里迢迢，到了甘肃敦煌。鸣沙山像一个橙黄色的诱惑，半明半暗卧在傍晚的戈壁上。

人们像朝圣似的扒下鞋袜，一步一滑地向沙顶爬去。

“你是想后来居上吗？”友人从五层楼高的沙坡上向我招手。

我抱着双肘，半仰着脸对她说：“我不爬山。”

“那你怎么到达山那边如画的月牙泉？”

“雇一匹骆驼。”

“要是雇不到骆驼呢？”友人从六层楼高的沙丘上向我喊话。

“那就只好沿着山根转过去。”

“这可是鸣沙山啊！”友人已经到了七层楼高的沙峰。

“不管是什么山，只要给我选择的自由，我就不爬。

“我憎恶爬山！”

我对友人喊，她已经到了十几层楼高的沙崖，没有回头。

她没有听到我的话，听到了也不会赞同。

经历是我们爱憎的最初的和永远的源泉。

我曾经穿行于世界上最高的峰峦与旷野，山给予我太多的苦难。那个时候我17岁，当现在的女孩娇嗔地把这个年龄称为“花季”的时候，我正在昆仑山上度着永远的冬季。

在最冷的日子里，我们要爬很多皑皑的雪山。我背着枪支、弹药、十字箱、雨布、干粮、大头鞋、皮大衣，还有背包，加起来六七十斤。

第一天行进的路程，只是爬一座山。那座山悬挂在遥远的天际，像一匹白马的标本。

还没有走到山脚下，我就一步也迈不动了。宿营地在山的那边，遥远得如同我已死去了的曾祖父母。我完全不知道自己将怎样走过这漫长的征途。

缺氧使我憋闷得直想撕裂胸膛，把自己的心像一穗玉米那样扒出，晾晒在高原冰冷的阳光中。

生命给予我的全部功能都成了感受痛苦的容器，我的眼珠被冰雪冻住了，雪花像六角形的芒刺牢固地粘在眼皮上，绝不融化，眼睛像两只雪刺猬。呼呼的风声将耳膜压得像弓弦一样紧张，根本听不到除此以外的任何声响。关节里所有的滑液都被冻住了，每走一步都感觉到冰碴的摩擦。手指全然失掉知觉，感到手腕以下是光秃秃的……

时至夜半，我仍未走出那座山。我慢慢地、慢慢地倒向昆仑山万古不化的寒冰。我不走了，一步也不想走了，走比死亡可怕得多。枕着冰雪，仰望高海拔处才能见到的宝蓝色天空。我愿意永不复生。

参谋长几乎是用枪逼迫我站起来重新走。

从此，我惧怕爬山，仅次于死亡。

惧怕爬山，实际上是惧怕苦难。山，这些地球表面疙里疙瘩的赘物，驱使我们抵抗地心强大的引力，以自身微薄的力量把自己举起来。当我们悬浮在距海平面很大的山峦上，以为自己很高大，其实我们不过是山的玩偶。

苦难是对人的肉体和心灵的酷刑。那些叫嚷热爱苦难的人，我总怀疑他们未曾经历过刻骨铭心的苦难。或者曾将苦难与苦难换取的荣誉置于跷跷板的两头，他们发现荣誉飘扬在半空，遮蔽了苦难，他们觉得值。

苦难是对人的信念最残酷的锤打。当你饥肠辘辘，当你衣不蔽体，当你的尊严践踏于泥泞之中，当你纯洁的期冀被苦难蚀得千疮百孔之时，你对整个人类光明的企盼极有可能在这“黑海洋”中颠覆。命运之舟破碎了，只剩几块残骸，即使逃脱困厄的风口，理想也受到致命的一击。再要抬起翅膀，需要积蓄永远的力量……

经受苦难而不委靡、不沦落、不摇尾乞怜、不柔若无骨、不娼不盗、不偷不抢、不失魂落魄、不死去活来，是天才、是领袖、是超人，非平常人可比。

然而历史是平常人创造的。

幸亏人类害怕苦难，人类才得以不断进步、发展、繁荣。假如人类什么都不怕，什么都满足，那么至今还穴居山顶、茹毛饮血、火种刀耕。

最稚嫩最敏感的部位最怕疼，例如我们的手指尖。粗糙它、磨砺它，指肚便会结出厚厚的趼子，这是一种悲哀的退化。

手指结茧可以消退，心灵的蛹若被苦难之丝围绕，善与美的蛾儿便难以飞出，多数窒息于黑暗之中。

当然，当苦难像飓风一样无以回避地迎面扑来时，我也会勇敢地迎上去，任沙砾打得遍体鳞伤，任头发像一面黑色的旗帜高高飘扬……

为了逃避苦难，我一生奋斗不息。

苦难也像幸福一样，分有许多层次，好像一条漫长的台阶。苦难宫殿里的至尊之王，是心灵的痛楚。

没有血迹，没有伤痕，假如心灵被洞穿，那伤口永世新鲜。

我相信在人类的心灵国度里，通行“痛苦守恒定律”。无论怎样的位极人臣，无论怎样的花团锦绣，无论怎样的二八佳丽，无论怎样的鹤发童颜，都有潜藏的伤口，淌着透明的血。

逃避了食不果腹、衣不蔽体的小苦难，便滋生出建功立业、壮志未酬的大痛苦，待功成名就、踌躇满志之时，又生出孤独寂寞、高处不胜寒的凄凉……人类只要存在感觉，苦难便像影子永远伴随。成功地逃避一次又一次苦难，人类就在进化的阶梯上匍匐向前了。

西域古道上，驼铃叮当。我骑着骆驼，绕到月牙泉。

“没有爬上鸣沙山，你要后悔一辈子。”友人气喘吁吁滑下沙丘对我说。

我不后悔。世界上的山是爬不完的，能少爬一座就少爬一座吧。

像逃避瘟疫一般，我逃避苦难。

苦难不是生痘疫苗

那一年几乎成了我的“说话年”。北大、清华、北京师范大学、北京外国语大学、中国协和医科大学、北京科技大学、首都师范大学、中医药大学……还有女子中学和北京八中的少年班。从少年到青年，从北京到新疆，我都曾和他们聊过天。

我之所以不喜欢把那种形式称为讲演，是因为自己心里有障碍。我害怕那个“演”字，觉得有几分虚拟与矫情。也许对在舞台上的演员是正常事情，但对以笔为幕的我来说，更习惯在黎明或是夜半，独自枯索。

生平不会表演，也未曾当过老师。面对许多人说话，提前就会感到莫大压力。每逢答应了要在某时某刻与众人会晤，我在前一天就惶惶不可终日，夜里也睡不好觉，仿佛面临一场结果莫测的考试。有时直到赶赴会场的路上，都不晓得自己将如何开头。

其实，这种场合，拒绝是最简单的方法，过去多年我坚持说“不”，除非极熟识的朋友托到头上、百推无效，否则绝不答应出席。一天，女作家赵玫的一句话改变了我的看法。她说：“不要拒绝大学生，他们是希望。”

这种集体聊天大致分为两部分。前三分之二时间由我主说，题目通常是《文学与人生》这类大得吓人的题目。题目大了，其实有好处，就是无论你怎样说都不会跑题。我私下里以为，同学们对从作家那里能听到些什么，期望值并不很高，一般来说比较宽容，我也乐得撒开来谈。

后三分之一的时间一般留作大家对话。纸条不断从会场的不同角落传上来，形态各异。有写满了字的整张作业纸，也有寥寥数语、窄如柳眉的短笺。我满怀兴致地阅读它们，好像对着大山呼唤了一声，片刻后收获连绵不绝的回音。每次讲演回来，都有成包的各色纸条回馈，纷纷扬扬，好似从飘飘洒洒的冬夜掬回一捧雪花。

我很喜欢这些字条，里面蕴涵着信息和挑战。时间久了，纸条如山，偶有翻看，仍会感到灼热与激荡。那是一些年轻的心的切片，标记着那些难忘的夜晚。不论日子过去多久，依然显现着清晰的思想和蓬勃的生命力。

我也常常反思，自己在当时的回答中是否诚挚、友善和机智?

现在，我把一些字条直录在这里。其后是我的回答，基本上是当时的想法，也许经过时间的沉淀更有条理了一些。

问：您不愿当医生，可我最爱看您笔下的医生，这也曾让我一度非常想当医生。您笔下的医生医术都很高超，我觉得您当医生也一定是个好医生，我总为您感到后悔。想问两个问题：

（1）您后悔吗？

（2）您认为作家是最适合您的职业吗？

此条来自清华大学。他们的纸条和别的大学的纸条有些微不同，基本上都用整张的纸，字也写得较大，感觉较为豪放。文科学校所用的纸条多半细小精致，字也文秀些。

答：我当医生的时候，医术一般，但我是一个比较负责任的医生。医生是一个对责任感要求非常严格的职业，甚至可以说，责任感与医术是一个好医生飞翔的双翼。我当医生时有一个习惯，也可以算爱好吧——和病人谈话，耐心倾听他们对于自己痛苦的倾诉。我不喜欢那种医生，把诊断搞清后就不屑于理睬病人，觉得病人只是一个悬挂疾病的衣架。我愿意尽我的所能和气地深入浅出地向病人解释他的病情，同情他的疾苦……这不是很难的事情，但有些医生忽略了。

不当医生，我不后悔。因为这是我在没有外力胁迫的情况下，自觉自愿做出的选择。人一生能够从事自己所热爱的事业是一种奢侈的好运气。

问：您为什么没有起一个笔名？您若起一个笔名，将是什么样的？

此条来自北京大学。直觉告诉我这是一个有志从事文学创作的女孩子。她的提问很内行，富有技术性。

答：在我还没有做好小说能够发表的心理准备的时候，它就发表了，多少有些令我措手不及。当时杂志社并没有人问我要不要用一个笔名，我也就不便说请把原稿上我的本名涂掉，换一个笔名，私下觉得那太给人添麻烦了（其实不复杂，但我不好意思说）。于是，以精心策划的笔名面世的机会稍纵即逝。当然，到了发表第二篇稿子的时候，已从容了些，有机会缓缓思忖一个笔名。但一旦开始具体操作，深深的忧虑攫住了我——换了一个崭新的笔名，我的父母在感情上是否会接受，承认那个铅字所组成的陌生字眼就是他们的女儿？我拿不定主意，也没有勇气问他们。事情一耽搁，机遇就又过去了。我从小是一个很乐意让父母高兴的孩子，为了这份并非空穴来风的忧虑，我终于坚定地不用笔名了。

如果要起笔名，我要用一种矿物质或是金属的名称做笔名。我喜欢那种在亿万斯年的大自然当中凝结精华与力量的感觉，而且我觉得金属有特殊的壮丽。

问：您有那么坎坷的经历，可无论是您的文学和您的话语，所表达的都是对生活的乐观和轻松，您认为这是一种经历了太多苦难后的宽容和超越，还是您并不认为有必要感受沉重？

这个纸条，我记得来自一位医学生，好像还是博士班的。我当时有些踌躇，不知如何解答是好。因为他似乎比我考虑得更成熟。

答：我很坎坷吗？我不觉得啊。现在很多人讲到坎坷的时候，多用一种夸耀的口气或是藏着求人怜悯的企图，使我不爱说这个词。坎坷和顺利似乎是反义词，其实都是生命的相对状态。至于顺利是否就与快乐相连，坎坷是否就一定指向沉重？我以为并非必然。我们可以在顺利的时候愁容惨淡，也可以在苦难时欢颜一笑，关键在于我们把握命运的能力。

我不喜欢模拟苦难，无论是从理论还是从实践上。我对人为地自造苦难以考验他人的做法深恶痛绝。人生的苦难，不是像牛痘疫苗一样的病毒提取物，植入人体就可以终生预防天花了。我所看到的更多的事实是，苦难磨秃了人对美好事物的细腻感受力，催生了损人利己的恶性竞争意识，使人变得粗糙和狠毒。苦难浪费了时间，剥夺了本应更富创造力的年华，迟滞了我们的步伐。

如果苦难一定要扑面而来，那就得镇静迎战了。这另当别论。

我所遇到的最好玩的一些问题，比如关于未来和幻想，事无巨细的提问和随心所欲的对话来自少年，特别是北京八中。那是一些十三四岁的男孩女孩，智商很高，天性活泼生动，马上就要参加高考了，竟然还有兴致邀我对话，说读过我的作品，想交流一下感受。

我力拒，理由简单。我想象不出这些非凡的孩子会是怎样的精灵，不知和太聪明的孩子该如何讲话。万一不妥，岂不是戕害了祖国花朵，还是一些很优良的大花骨朵。闹不好，我前脚刚走，后脚人家就得消毒。

但校方力邀，那位音色有些苍凉的老师，一口一个：“不是我请您，是我的孩子请您。”

做母亲的人听不得人家说我的孩子想如何如何，我只好答应了。

所幸那是一群非常机灵可爱的少年，知识面极广，天上地下、金戈铁马，我们讨论了很多问题，留下深刻记忆的是这样一张字条。

问：我考上大学一点儿问题都没有，但我不喜欢这件事，今年7月我不想考啦！背许多没用的东西，瞎耽误工夫。顺便问您一句，您第一次稿费钱多吗？干什么用了？

答：人一生要干许多自己不喜欢的事。这一规则以我的岁数和经历来看，可以倚老卖老地向你们说——这是一条铁律。世上有些事不是因为我们喜欢才去做，而是从长远看、从责任看、从发展的眼光看必须做。我同意你的观点，上大学没什么了不起，但它是一张门票，你要领略更广大的景色，你得有入场券。不必将它看得过重，也不可太掉以轻心。你既然一点儿问题都没有，不妨轻松过关，然后再按自己的意志努力向前，走自己的路。

第一次稿费钱不多，几万字的稿子，几百块钱，基本上合一个字一分多点钱。我把其中一半寄给我父母，另一半买了书。妈妈说，汇款单到的那一天，她正在小路上散步，听人喊“你女儿把稿费寄来了”，几乎流下了眼泪。

悄声

中国人在公共场合讲话的大嗓门，几乎和随地吐痰一样，成了国际上对我华族大加诟病的地方。舆论一边倒，好像都是文明教养的问题，其实有些不公平。我在美国听到一位对语言学颇有心得的女士说，外文的单词，口唇的运动是连续而轻微的，所以很适宜细语，但汉语的构成是以字为单位，各自为战，每个字都有特定的意思，一个个拉着手往外蹦，各司其职、马虎不得。单兵作战，每个都要咬得清清亮亮，其中的时态和语气非得音调高低起承转合地相配，所以操汉语的人，讲话的声音就不由自主地要大。这对于不同的语言来说，只是表达方式的不同，并无高低贵贱之分。如果把音调的差异人为地打上“高雅、低俗”，既不科学也不公平。

我佩服这种见解，考虑到我们的国情，不必跟在外人身后一个劲儿瞎起哄，好像只要说话的声音大了点儿，就是类人猿的亲戚了，这更多是一个语言发音的技术问题，而不是文明进化和教养的问题。抓住不放，就有文化沙文主义之嫌。

我们还是要提倡在公共场合的悄声。尤其是手机的普及，也让语言噪声大大地普及了。一次我在地铁，近旁一位小伙子大概和女朋友吵架了，先是不可一世地狂啸，然后是奴颜婢膝地讨饶。可怜一车厢乘客都被迫成了一幕蹩脚广播剧的听众。车厢里特热特挤，加之凶暴斥责和谄媚求情的噪声，让众人生理心理备受煎熬。

手机响了，通常是要接的，这是礼貌也是配备手机的用意所在，但在公众场合就要有所节制。我怕在公共场合听到老板对下属下指令的那种威严，让近旁的人也不由得打个冷战。也怕听到下属对上级的那种略带阿谀的服从，觉得有损人的平等和尊严。我不喜欢听嗲声嗲气的撒娇，觉得这属专有隐私，你有表达的权利，我也有不受骚扰的权利。我更不喜欢大声喧哗、颐指气使，总觉得有虚张声势的炫耀和色厉内荏的浮躁。当然了，我也能充分理解回话人特殊的处境和语境，比如姑娘小伙儿正在热恋，一语不合就要分手，那刻不容缓的挽救也属十万火急，上司的命令当然要唯马首是瞻，不然好不容易找到的工作就可能被炒。凡此种种，都情有可原。在我等外人看来是过分的语调，也许正是一种必须。这可怎么办？公共的礼仪需要照顾，但个人的需求也应满足。

首先想到手机要进一步提高质量，让任何微小的语音变化都可以清晰地传达，考虑到汉语传音的特色，要有更利于悄声说话，才能让人降低分贝，共享空间的宁静。再者我很希望手机有一个新的设置，当铃声骤然响起时，如果是在不宜答复或是长话需要短说的公共场合，受话方只需轻轻一点，就能自动发出信号，让对方得知此间还有他人，难以惯常的口吻回话。公众的利益大于个人的利益，受话人的声音需符合公共规范，请发话人给予理解和体谅。

悄悄地说，希望能成为一种约定俗成，从此，我们更清静、更从容。

紧张

一个有趣的游戏。两人一组，其中一人会拿到一些字条，上面写着字，表达的都是人们常有的一些情绪，比如高兴、漠不关心、嫉妒、疲倦已极……

拿到字条的人，要按照字条上的指示做出相应的表情和行动，让另外的那个人猜。

例如，甲看了看手中的字条上的字迹，沉思片刻后开始表演。先是豹眼圆睁，辅以一个箭步上前，右手揪住假想中的某人脖领，同时挥出弧度漂亮的左钩拳，击中那人腮帮……

乙在目睹了甲的表情和行动以后，也沉思片刻。然后大声说出他解读出的对方情绪——愤怒。

甲颔首道："基本正确。不过，我手中的字条上写的是'狂怒’。”

乙说：“嘿！如果是狂，你的这个表达等级味道尚欠浓烈。倘若换我，一般的愤怒就已达到这个档次。真到了狂怒阶段，还要加上怒发冲冠、拳打脚踢、暴跳如雷……”

这个小游戏，说明人和人之间并不是很容易沟通的，人们通常按照自己表达情绪的方式来理解他人。

但人和人之间仍是可以沟通的，需要语言的帮助和长久的磨合。程度差异很大，可以一叶知秋，也可能盲人摸象。

我很喜欢玩这个游戏，可以更深刻地感知他人的内心，察觉人群的异同。正是这种无休止的差异，造成了人的丰富多彩和无数悲欢离合。

某次，我遇到了一位有趣的合作者，他是一位老板。

他拿了字条开始表演，目光炯炯，眉头紧皱，身板僵直，双手攥拳。

我绕着他走了三圈，思考不出他这番表演的内涵，求助道：“你能不能示意得再明确些？”

他是个好商量的人。思忖片刻后，加上了一个表情：嘴角紧抿……

我还是百思不得其解，只得求饶道：“猜不出猜不出。我投降，快告诉我底牌吧。”

他把字条递给我，上面写着“焦虑”。

想想也有道理，某些人焦虑的时候就是这副沉闷苦恼的模样。

第二轮测验开始。他看了一眼手中新的字条，开始表演：目光炯炯，眉头紧皱，身板僵直，双手攥拳。

我丧气地说："不行。再具体些。"

他就又加了一个表情：嘴角紧抿……

天啊，我一筹莫展，甚至想，这一堆测验的字条里不会有两张"焦虑"吧？

我说："完了，我弱智了。请你告诉我吧。"

他手心摊开，我看到了谜底"沮丧"。

"沮丧是这个样子的吗？"我不服气地说，"你的表演有问题，沮丧的时候目光通常是低垂的。"

"但是，我沮丧的时候就是如此，聚精会神的。"他很诚恳地说。我只得服输。是啊，你不能否认有些人屡败屡战，永远目光炯炯。

再一次轮到他表演的时候，我格外当心。看到他拿了字条，踌躇了一下，然后胸有成竹地开始演示。

目光炯炯，眉头紧皱，身板僵直，双手攥拳。

看到我的茫然愁苦的模样，他善解人意地加上了一个补充动作：紧抿嘴角……

我极快地调侃道："干脆杀了我。我无法破译你的密码。"

这次轮到他吃惊了，说："我有那么神秘吗？其实，这一次，我表达的是一种很平和的情绪'安静'！"

我几乎昏了过去，说："您的大驾尊容居然能称得上是安静？我想，当你自以为安静的时候，周边的人绝不敢打扰你。"

说者无心，听者有意。他静默了片刻，一拍大腿说：“哦，你这样一讲我就明白了，为什么我以为自己温和的时候，大家依然说我严厉。”

那一次令人难忘的游戏结尾有些苦涩的味道。因为我的这位朋友，无论他拿到写着怎样字迹的字条，他的表情都像一个模子里刻出来的。目光炯炯……嘴角紧抿……甚至当“爱情”出现的时候，他也如此刻板和冷峻。

我问他：“你成家了吗？”

他说：“成了。但是又散了。”

我说：“还打算成吗？”

他说：“暂时没有打算。”

我说：“没有了好。”

他说：“你为什么这样说？”

我说：“我的意思是，你若不把表情修改一下，即使有了女朋友，也会莫名其妙地走开。”

我后来同这位老板详细地探讨了他的表情。他说：“我一个当老板的，哪能事事都流露在脸上，让人看个透明？我这是深沉。”

我说：“表情的僵化和不动声色并不能画等号。对家人和对谈判对手，哪能一样？周恩来可算是大家，他的表情就丰富得很，并非整天板着阶级斗争的脸。咱们常常羡慕外国的老板当得潇洒，其中重要的一点就是他们真实，当怒则怒，当喜则喜。况且，老板也是人，也有七情六欲。事业做得好，人也要活得自然、自在。”

后来，我和这位老板进行了比较深入的谈话，才明白在他那千篇一律的面具之后，准确地说，既不是焦虑，也不是沮丧，当然更不是安静，而是紧张。

紧张，是现代人逃脱不掉的伴侣。

紧张的时候，我们的心跳加快、瞳孔变大、呼吸急促、血流湍急……我们的思索急迫而锋利，我们的行动敏捷而有力。

“紧张”这个词，很多年以前被写进一所著名大学的校训。我想，那时它一定是有的放矢，有着历史的必然性和辉煌的功绩。

时代在发展，如今，当我们不再从战火和铁血的角度看待紧张，紧张就有了更多值得探讨的意义。

短时间的紧张很好，会使我们焕发出非凡的爆发力。不过，世界上的事情，一蹴而就的肯定有，但终是有限，大量的成功孕育在日积月累的跋涉。紧张是一百米短跑，成长则是马拉松比赛。长久的紧张如同长久的鞭策一样，是不能维持的，它会导致反应的迟钝。紧张可以应对一时，却无法永恒。

紧张是一种无休止的激动，是一种没有间歇的高亢，是一种针插不进水泼不进的致密，是一种应急和应激的全力以赴。

你见过没有起落的江河吗？你听过没有顿挫的乐曲吗？你爬过没有沟崖的山峦吗？你走过没有悲喜的人生吗？

紧张是面具。紧张的下面潜伏着怎样的暗流？换句话说，什么导致我们长久的紧张？

紧张的人，思维是直线而不是发散的，因为他的注意力太集中了，心无旁骛。当我们的视野中只有一个目标的时候，它是收束和狭窄的（不是指远大的唯一的目标，是指运筹帷幄的策略）。我们的显意识之下是深广的潜意识。当紧张的时候，理智和经验就占据了上风，而人类在长久的进化中所积累的本体感觉被抑制和忽略。所以，紧张的人很容易累。因为他是在用5%的能力负载着100%甚至更高的压力，怎么能不累呢？

紧张的人其实是不安全的。他处于风声鹤唳之中，对自己的位置和处境有深深的忧虑。他大张着自己所有的感官——眼睛瞪着，耳朵张着，手脚绷紧，呼吸也是浅而快的，他的全身就像一架打开的雷达，侦察着周围的一草一木。

他因袭着以往的重担，关注着周围的一举一动，无法平和地看待他人和看待自己。紧张的人睡眠通常不良，因为在睡梦中，他也不由自主地睁着半只眼睛。

打个比喻，什么动物最易于紧张呢？通常一下子就会想起老鼠、兔子、麻雀之类的，大都是弱小的、谨慎的、没有强大的防御能力的生灵。如果是老虎、狮子、大象，甚至蟒蛇，我们想起它们的时候，可以觉得它们懒洋洋或佯装安宁，但我们不会浮现出它们是紧张的这样一个印象。在突袭猎物的时候，它们快则快矣，狠则狠矣，你可以痛恨它，但它依然是从容的，它们不紧张。

再举南极洲的企鹅为例，这些穿西服的鸟似乎也没有伶牙俐齿可供攻伐猎物与保障自身，胖墩墩的战斗力不强，但是，它们毫无疑问地不紧张。不是来自它们自身的强大，而是没有人类的迫害和袭扰，它们尚不知“紧张”为何物。

所以，紧张不是强大，只是懦弱的一件涂着迷彩的旧风衣。

紧张往往使我们看问题的角度趋向负面。因为不安全，所以防御感强，假如在判断不清的时候，首先断定对方是有敌意和杀伤力的，考虑自己怎样防卫、怎样规避、怎样逃脱……紧张会使我们误会了朋友的友谊，曲解了爱情的试探，加深了创伤的痛楚，减缓了复原的时间。在紧张的时刻，决定往往是短期和激烈的。

紧张的时候，我们无法清晰地聆听到真实的声音，我们自身澎湃的血液主导了我们的听觉。我们看到的可能并非真实的世界，因为自身的目光已经有了某种先入为主的景象。我们无法虚怀若谷地接纳他人的意见，因为自己的念头依然盘踞在心。我们难以深刻地反省局限，因为注意力全然集中对外，内心演出了一场“空城计”……紧张如同凹凸镜一般，真实的世界变形了，让我们进入高度的戒备状态。

紧张的人，是很难和别人和睦相处的。紧张的人，通常落落寡欢慎言忧郁。紧张的人，孤独寂寞。他们可以置身于灯红酒绿、车水马龙当中，但他们的心多疑多虑，缩成一块石头。

人们很推崇一个词——大将风度，我以为其中极重要的组成部分就是不紧张。每一行真正的高手，几乎都是举重若轻、温柔淡定的。草船借箭诸葛空城，功夫在诗外，无论形势多么危急，他们都成竹在胸。无论己方多么孤立，他们胜券在握。哪怕局面间不容发，他们都眼观六路、耳听八方，大将不紧张。

优点零

一位做儿童心理研究的朋友告诉我，他发给孩子们一张表，让每人填写自己的优缺点和美好的愿望。孩子们很认真地填好了，把表交上来，他一看，登时傻了眼。

很多孩子填的是——优点零，愿望零。

我对世上是否存在没有优点的成人，不敢妄说。但我确知世上绝无没有优点的孩子。我或许相信世上有丧失愿望的老人，但我无法想象没有愿望的孩子将有怎样枯萎的眼神。

不知道愿望和优点，这两样对人激励重大的要素假若排出丧失的顺序，该孰先孰后？是因为丧失了愿望，百无聊赖，才随之沉沦，成为没有优点的少年；还是一个孩子首先被剥夺了所有的优点，心如死灰，之后再也不敢奢谈一丝愿望？也许它们如同绞在一起的铅丝，分不出谁更冰冷？

没有愿望，必是一个死寂的世界。孩子不再期望黎明，因为每一天都被功课塞满，晴天看不到太阳，阴天见不到雪花，日出日落又有何不同。不再留意鲜花，因为世界一片苍白，眼中温暖的色彩变得暗淡。不再珍视夜晚，因为厚重的眼镜遮挡了星光，即使抬头也是睡眼蒙眬。不再盼望得到师长的嘉奖，因为那不过是成人裹了蜜糖的手段……

没有优点的孩子，内心该怎样痛楚。见过一个胖胖的男孩，当幼儿园老师第一次问：谁觉得自己是个美男子？他忙不迭地从最后一排挤到前面，表示自己属于其中一员。可惜他紧赶慢赶，动作还是晚了一点，另外有好几个男孩抢在前面，在老师面前自豪地排成一排。没想到老师伶牙俐齿地向他们说：“还真有你们这么不知天高地厚的，竟觉得自己是美男子，臊不臊啊？”后来，那几个男孩子开始为自己的容貌羞涩，无法像以前那样快活。

这是一个简单的例子，但也可说明一点问题。每一个渐渐长大的孩子，如果成人爱他，他也会认为自己是可爱的。他会感觉到自己是天地间的一个宝贝，他的生命的存在就是一个大优点。假若成人粗暴地打击他、奚落他、嘲讽他、鞭挞他，那脆弱的小生灵就会被利剪截断双翅，从此委靡下来，或许跌落尘埃一蹶不振。

看不到自身优点的人，也必看不到他人的优点。他们的谦恭，可能是高度自卑下的懦弱。他们的服从，可能掩饰着深深的妒忌和反叛。他们的忍让，可能埋藏着刻毒的怨恨。他们的赞美，可能表里不一、信口雌黄……

我以为愿望是人生强大的动力，假若人类丧失愿望，世界就在那一瞬停止了前进的引擎。因为有跑的愿望，人们有了汽车；因为有说话的愿望，人们有了电话；因为有飞的愿望，人们有了卫星；因为有传递和交换的愿望，人们有了互联网……

优点和愿望，是孩子们的双腿。希望有一天看到他们填写的表格上这样写着——优点多多，愿望无限。

暴雨筛

南方的女友讲过这样一个故事——

我35岁的时候，考上了一所夜大学。每天下班后，要穿越五条街道去读书。一天傍晚，台风突然来了，暴雨像牛仔的皮带一样，翻卷着抽打天地。老师还会不会上课呢？我拿不准。那时电话还不普及，打探不到确实的消息。考虑了片刻，我穿上雨衣，又撑开一把伞，双重保险，冲出屋门。风雨中，伞立刻被劈开，成了几块碎布，雨衣鼓胀如帆，拼命要裹挟我去云中。我只有扔了雨衣，连滚带爬。渺无人迹的城市中，我惊慌地想到，是不是只有我一个人这样傻？也许今天根本就不上课。

我迟疑了片刻，但咬紧牙，继续向前。好不容易到了学校，贴身的衣服已像海带一般冷硬，牙齿像上了发条似的打战。没想到看门的老人说，从老师到学生，除了你，没有一个人来！

那一瞬，我非常绝望。不单是极端的辛苦化为泡沫，更有无穷的委屈和沮丧。

老人看我失魂落魄的样子，就让我进他的小屋歇口气。喝着他沏的热茶，我心灰意懒。伴着窗外瀑布般的水龙，老人缓缓地说："你以后会有大出息。"我说："我是一个大傻瓜啊。"

他说："所有学生里，只有你一个人来上学了。看，暴雨是一个筛子。胆小的、思前想后的，都被它筛了下去，留下了最有胆量和最不怕吃苦的人。"

那一瞬，好似空中打了一个闪电，我的心被照得雪亮。也许我不是三千名学生当中最聪明的，但今晚的暴雨让我知道了，我是三千名学生中最有胆量和毅力的人。

从那以后，我就多了自信。你晓得，天地万物都会来帮助一个自信的人。所以，我就一步步地有了今天的成功。

我说："那位老人，是你人生最重要的导师之一啊。"

久病成灰

你要是一个穷人，说钱的作用是有限的，人们就不信你，以为是嫉妒。你要是一个富人，说同样的话，人们不但信你，还称赞你高风亮节。国人有个习惯，要想评判一件事或是一个物品，你必得先拥有它，如欲评之，必先享之。

这话乍一听，挺对的。你想啊，要是一个饭店的大师傅，自己面黄肌瘦的，人们怎么能相信他的烹调手艺？要是一个教书的先生，连自己的孩子都管教不了，人们还敢把学生送到他的私塾里去吗？

但细一想，又有些不对，世上的事有许多是我们终生所尝试不了的。爆炸的世界每天向我们提供多少信息，新诞生的行业令人目不暇接。身体力行乃是前工业社会慢节奏的标本。古代只需行万里路、读万卷书就可以成为一代文豪的坯子。今天你就是钻进航天飞机，只怕也看不全天下的大事。飞速旋转的世界使任何人都只能是某一领域的权威，对其他的领域只能瞠目结舌。

因为当过多年的医生，总记得一句“久病成医”的话。

仔细想来，这话是有一定的道理。你要是得过感冒，下次再得同样病的时候，就要有经验得多。什么时候该吃药，什么时候该发汗，终是比没得过此病的人要沉着。

但又一想，不对了。感冒并不是疾病的全部，有许多更凶险的疾患是不可以一一尝试的。比如癌症，你如果不幸染上了，是听一个得过此病的病人的话，还是听医生的话？那个医生是没得过癌症的。

我想绝大多数人还是要以医生的话为准。比如中国妇产科的泰斗林巧稚女士，并不曾结婚生子，但她赢得了无数病人的敬重，因为她凭借的是科学。

久病的确可以使人“成医”，使他成为他那一种病现身说法的“活标本”。假如他是一个爱钻研的人，也许还会有所造诣。但是疾病的世界林林总总，并不是只局限于你所罹患的这一种或几种，任何人都不能把天下的疾病全搜罗在身。一个好的医生不是得病得出来的，而是经过长期的学习历练出来的。假如一个人不断得病，那么等待他的命运就不是“成医”，而是“久病成灰”了。

说了许多关于生病的话，只缘有感于国人太注重自身的经验，过分相信体验过此事的人的一面之词。更有甚者，竟到了假如你没有经历此事，就取消你的发言权的地步。

要取得评判钱的资格，自己必得有许多钱；要探讨女人的心理，必得有情感上的罗曼史或者干脆就是“妻妾成群”。

比如一部电影好不好看，我们总是太相信那个已经看了电影的记者或是评论家的话，哪怕这一次上了当，下一次还信他。国人多善良，以为上一次是他走了眼，这一回大约改好了吧？其实不然。他虽说吃过葡萄，但是说错了。即使下次他吃的是梨，我也不信他描述的梨的滋味，而是宁可听一个没有吃过梨，但是研究过梨的学者的报告。

这个世界上以前发生的事少，现在发生的事多，我们不可能事必躬亲，可我们要对很多事情拿出自己的看法。听谁的？亲历过此事的人的话，可听，但不可全信。古人就有“不识庐山真面目，只缘身在此山中”的教诲，尤其是那个人的品行不好，说的话就更要打折扣了。

这看法大概偏颇。但现代社会的节奏太快，经验不但要从自身的经历取得，更要从研究过此事的专家那里获得。

一个得过最多种疾病的人，医学知识也要少于医学院最蹩脚的学生。

当然有关医生责任心的问题，不在此例。

界限的定律

记得当年学医时，一天，药理学教授讲起某种新抗菌药的机理，说它的作用是使细菌壁的代谢发生障碍，细菌因此凋亡。菌壁消失了，想想多吓人的事情。好似兽皮没了，骨和肉融成一锅粥，破破烂烂、黏黏糊糊，自身不保，当然谈不到再妨害他人。可见，外壳也就是界限是非常重要的。如果丧失了界限，那么，这种生物的生存和发展也就处于极大的危机中了。

教授讲的是低等生物，高等生物又何尝不是如此？界限这种东西是古老和神奇的。动物会用气味笼罩自己的势力范围，没有现成的界桩，就会用自己的尿标示出领地。界限也是富有权威和统治力的。国与国之间如果界限不清，就孕育着战争；人与人之间如果界限不清，就潜藏着冲突。账目不清，是会计的犯罪；扯皮推诿，是官员的渎职。清晰的界限，象征着健康和尊严。什么叫一个新生命的诞生？就是从融合中分离，在混沌中产生一个完全独立的个体，建起崭新的界限体系。人与人的界限如果消失了，那么人的特立独行和思索也就同时丧失了，随之而来的是精神的麻木和思维的蒙昧。

外壳之外，是彼此间的距离。在欧美的礼仪书里，特别注明人与人之间的最低社交安全距离是17英寸。这个标准也要入境随俗。比如咱们的公交汽车，正值上下班高峰，小伙儿的前胸贴着姑娘的后背，别说17英寸，就连1.7英寸也保证不了。只有见怪不怪、理解万岁。可见界限这个东西是有弹性的。

身体需要界限，心何尝不是如此？特别是夫妻，无论何时都不可消融了自我的界限。无论怎样情投意合，终是不同的个体，不可能完全一致。如果真是完全一致了，天天和一个镜子里的自我如影随形，岂不烦死？

界限有一个奇怪的定律——拉近的时候很容易，分开的时候很艰难。倘若你能灵活地把握一个度，在这个区域里如鱼得水，那么你和对方都是惬意和自由的。假如你轻率地采取了不断缩小距离的趋势，那么用不了多久，双方会不可扼制地融为一体，之后，在短暂的极度快意之后，无所不在的矛盾一定披着黑袍子，敲响门窗紧闭的爱情小屋。界限复活了，如同蔓草在各个角落疯长，分裂的纹路穿插迂回，顽强地伸直自己的触角。球队结束了休息，下半场比赛的口哨重新吹响。“物极必反”说的就是这个道理，不管你记不记得它，它可忘不了你。界限一旦破坏了，恰似古代的丝裙，修补起来格外困难，需极细的丝线、极好的耐心、极长的时间。

人是感伤和怀旧的动物。人们较能接受迅速拉近的距离，却无法忍耐在一度紧密地结合之后渐行渐远，通常会狭隘地把这种分离理解为爱恋的稀薄和情感的危机。所以，当你飞速消弭彼此界限的时候，已把易燃易爆的危险品裹挟进了情感列车。

为你的心理定一个安全的界限吧，也许是1.7寸也许是2.7尺，人和人不一样，不必比较。在这个界限里，睡着你的秘密，醒着你的自由。它的篱笆结实而疏朗，有清风徐徐穿过。在修筑你的界限的同时，也深刻地尊重你的伴侣的界限。两座花坛在太阳下开放着不同的花朵，花香在空气中汇为一体。不要把土壤连在一起，不要一时兴起拔出你的界桩，甚至不要尝试，每一次尝试都会付出代价。不要以为零距离才是极致，它更像一个开放罂粟的井口。如果你一时把持不住自己，想想药理学教授的话吧。我猜你一定不愿你的婚姻成为一摊融化的细菌。

倾听，是你的魅力

我读心理学博士方向课程的时候，有一篇作业是研究“倾听”。刚开始我想这还不容易啊，人有两耳，只要不是先天失聪，落草就能听见动静。夜半时分，人睡着了，眼睛闭着，耳轮没有开关，一有月落乌啼，人就猛然惊醒，想不倾听都做不到。再者，我做内科医生多年，每天都要无数次地听病人倾倒满腔苦水，鼓膜都起茧子了，所以，倾听对我应不是问题。

查了资料，认真思考，才知差距多多。在“倾听”这门功课上，许多人不及格。如果谈话的人没有我们的学识高，我们就会虚与委蛇地听。如果谈话冗长烦琐，我们就会不客气地打断叙述。如果谈话的人言不及义，我们会明显地露出厌倦的神色。如果谈话的人缺少真知灼见，我们会讽刺挖苦，令他难堪……凡此种种，我都无数次地演过，至今一想起来，无地自容。

世上的人天然就掌握了倾听艺术的，可说凤毛麟角。

不信，咱们来做一个试验。

你找一个好朋友，对他说，我现在同你讲我的心里话，你却不要认真听。你可以东张西望，你可以搔首弄姿，你也可以听音乐、梳头发，干一切你忽然想到的小事，你也可以环顾左右而言他……总之，你什么都可以做，就是不必听我说。

当你的朋友决定配合你以后，这个游戏就可以开始了。你必须拣一件撕肝裂胆的痛苦事来说，越动感情越好，切不可潦草敷衍。

好了，你说吧……

我猜你说不了多长时间，最多三分钟就会鸣金收兵，无论如何也说不下去了。面对着一个对你的疾苦、你的忧愁无动于衷的家伙，你再无兴趣敞开襟怀。不但你缄口了，而且你感到沮丧和愤怒。你觉得这个朋友愧对你的信任，太不够朋友，你决定以后和他渐行渐远，你甚至怀疑认识这个人是不是一个错误……

你会说，不认真听别人讲话会有这样严重的后果吗？我可以很负责地告诉你，正是如此。有很多我们丧失的机遇，有若干阴差阳错，有不少失之交臂的朋友甚至各奔东西的恋人，那绝缘的起因都是我们不曾学会倾听。

好了，这个令人不愉快的游戏我们就做到这里。下面，我们来做一个令人愉快的活动。

还是你和你的朋友。这一次，是你的朋友向你诉说刻骨铭心的往事。请你身体前倾，请你目光和煦。你屏息关注着他的眼神，你随着他的情感而起伏。如果他高兴你也报以会心的微笑，如果他悲哀你便陪着垂下眼帘，如果他落泪了你温柔地递上纸巾，如果他久久地沉默你也和他一样缄口不言……

非常简单，当他说完了，游戏就结束了。你可以问问他，在你这样倾听他的过程中，他感受到了什么？

我猜，你的朋友会告诉你，你给了他尊重，给了他关爱。给他的孤独以抚慰，给他的无望以曙光，给他的快乐加倍，给他的哀伤减半，你是他最好的朋友之一，他会记得和你一道度过的难忘时光。

这就是倾听的魔力。

倾听的“倾”字，我原以为就是表示身体向前斜着，用肢体表示关爱与注重，翻查字典，其实不然。或者说仅仅这样理解是不够全面的。倾听，就是“用尽力量去听”。这里的“倾”字，类乎倾巢出动、倾箱倒箧、倾国倾城、倾盆大雨……总之殚精竭虑、毫无保留。

可能有点夸张和矫枉过正，但倾听的重要性我以为必须提到相当的高度来认识，这是一个人心理是否健康的重要标志之一。人活在世上，说和听是两件要务。说，主要是表达自己的思想情感和意识，每一个说话的人都希望别人能够听到自己的声音。听，就是接收他人描述内心想法的信息，以达到沟通和交流的目的。听和说像是鲲鹏的两只翅膀，必须协调展开，才能直上九万里。

现代生活飞速地发展，人的一辈子不再是蜷缩在一个小村或小镇，而是纵横驰骋、漂洋过海；所接触的人不再是几十一百，很可能成千上万。要在相对短暂的时间内，让别人听懂你的话，并且在两个头脑之间产生碰撞，这就变成了心灵的艺术。

现今鼓励青年的励志书很多，教你怎样展现自我优点，怎样在第一时间给人一个好印象，怎样通过匪夷所思的面试，怎样追逐一见钟情的异性……都有不少绝招。有人就觉得人际交往是一个充满了技术的领域，是可以靠掌握若干独门功夫就能翻云覆雨的领域。其实，享有好的人际关系，学会交流，听比说更重要。

从人的发展顺序来看，我们是先学着听。我之所以用了“学着”这个词，是指如果没有系统的学习，有的人可能终其一生都没能学会如何“听”。他可以听到雪落的声音，可他感觉不到肃穆；他可以听到儿童的笑声，可他感受不到纯真；他可以听到旁人的哭泣，却体察不到他人的悲苦；他可以听到内心的呼唤，却不知怎样关爱灵魂。

从婴儿开始，我们就无意识地在听，听亲人的呼唤，听自然界的风雨，听远方的信息，听社会的约定俗成。这是一种模糊的天赋，是可以发扬也可以湮灭的本能。有人练出了发达的听力，有人干脆闭目塞听。有很多描绘这种状态的词，比如充耳不闻、置若罔闻；对“闻”还有歧视性的偏见，比如百闻不如一见。

听是需要学习的，它比“说”更重要。如果我们没有听到有关的信息，我们的“说”就是无的放矢。轻率的人容易下车伊始就叽里呱啦地说，其实沉着安静地听，更是人生的大境界。

只有认真地听，你才能对周围有更确切的感知，才能对历史有更准确的把握，才能把他人的智慧集于己身，才能拓展自己的眼界和胸怀。

读书是一种更广义的倾听。你借助文字，倾听已逝哲人的教诲。你借助翻译，得知远方异族的灵慧。

倾听使人生丰富多彩，你将不再囿于一己的狭隘，潜入浩瀚的深海。倾听使人谦虚，知道山外有山、天外有天。倾听使人安宁，你知道了孤独和苦难并非只降临你的屋檐。倾听使人警醒，你知道此时此刻有多少大脑飞速运转，有多少巧手翻飞不息。

倾听是美丽的，你因此发现世界是如此五彩缤纷。倾听是一种幸福的表达，因为你从此不再孤单。

倾听是分层次的。某人在特定的时刻讲了特定的话，只有当我们心静如水，才能听到他的话外音。年轻人最易犯的毛病是——他明白所有倾听的要素，也懂得做出倾听的姿态，其实他在想着自己待会儿要说的话。他关注的不是述说者，而是自己。“佯听”是很容易露馅的，只要他一开口讲话，神游天外的破绽就败露了。两个面对面述说的人其实是最危险的敌人，一切都被心灵记录在案。

倾听是老老实实的活儿，来不得半点虚假和做作，倾听是对真诚直截了当的考验。所以，如果你不想倾听，那不是罪过。如果你伪装倾听，就不单是虚伪，而且是愚蠢了。

当我深刻地明白了倾听的本质而不是仅仅把它当成讨好的策

略后，倾听就向我展示了它更加美丽的内涵，它无处不在，与生活息息相关。如果你谦虚，以万物为师长，你会听到松涛海啸、雪落冰融，你会听到蚂蚁的微笑和枫叶的叹息。如果你平等待人，你的耐心就有了坚实的基础，你可以从述说者那里获得宝贵的馈赠，这就是温暖的信任。

年轻的朋友们，让我们学会倾听吧。当你能够沉静地坐下来，目光清澄地注视着对方，抛弃自己的傲慢和虚荣，微微前倾你的身姿，那么你就能听到心与心碰撞的清脆音响，宛若风铃。

世界上最缓慢的微笑

受邀到一家医院去看望四川大地震被救出的孩子，他们都已被截肢，生理和心理上都需要援助。

我说：“要去看孩子们，该带些什么礼物呢？”

邀请方说：“他们什么都不缺，快被各式各样的慰问物品埋起来了。您只要带上问候和提供心理帮助就成了。”

这后两样东西当然是要带的，可是，我还是坚持认为一定要带上礼物。马上就要过六一了，这是孩子们盼了很久的节日，我没法空着手去见孩子们。

只是，什么礼物好呢？

我思考着，原本想带上鲜花。一转念，现在天这么热，鲜花是很容易枯萎的，身心受伤的孩子眼睁睁地看着五彩缤纷的花瓣凋零，心里不好受，也许会引起连绵的痛楚。人并不因为年幼就不知伤感，我一定要小心。再说，来自山南海北的花束，花粉混杂容易引起过敏，于孩子们的康复不利。

鲜花被否。

食物和营养品呢？想起那句“物品埋人”的话，估计其中的主角必是形形色色的补品，我就不要叠床架屋了。

先生见我发愁，出主意说：“要不，你送上几本自己的书吧，签了名留给他们做纪念。”

我说：“你以为你是谁啊？我已经打过电话询问，其中有个孩子才5岁，还没上学，这不是强人所难吗？大些的孩子虽然上中学了，可手臂被截，一时半会儿的，哪里学得会只用一手翻书？仅剩的一只手上还有伤，这不是引得人家劳累吗！馊主意。”

先生说：“这也送不得，那也送不得，你到底怎么办？”

我说：“若是咱们现在变小，不断地小下去，直到变成一个小小孩童，你最希望干什么呢？”

先生说：“当然是可着劲儿玩了。只可惜，他们没法玩了。”

我反驳：“谁说躺在床上就不能玩？现在，我想出主意来了，咱们买玩具！”

于是，我和先生跑遍了北京的商场。我们的孩子早已成年，这些年来我们再没有瞄过一眼玩具市场，如今像两个老顽童在玩具柜台拥来挤去，指手画脚地让人家拿了这个拿那个，挑拣不停。

太大的玩具，在病房里耍起来，医生会埋怨的；太复杂的玩具，失去了手脚的孩子恐怕摆弄不了，会心生沮丧；太需用力量的玩具，他们羸弱的身体难以承受；太没个性的玩具，又怕孩子们了无兴趣……唉，难啊。

我们迅速地把自己修炼成了玩具专家。工夫不负有心人，沙里淘金，终于找到了一款又安全、又有趣、又具个性化、又有丰富变化的玩具。

它们是绒布做成的动物。摸上去有一种绵软的绒毛感，亲近安稳。想这些孩子，曾在如山的砖瓦水泥下苦等待援，一定怕极了冰冷坚硬，这种反其道而行之的茸茸质感该是他们喜欢的。记得我以前看过一则动物实验，说是人们给失去母亲的小猴子两个代用妈妈，一个是塑料做的，一个是棉花做的，其余的部分都一样，都有奶瓶可以喂养小猴子。结果是小猴子们天天围在棉花妈妈周围，不理睬硬邦邦的塑料养母。

玩偶的背后有一道拉锁，打开之后有电池箱和电路板。好在这些机关通常是看不到的，都藏在玩偶们憨态可掬的肚子里。这组“设备”的功劳就是让毛绒玩具有了会说话的本领。

你只要轻轻按一下玩偶们的左手，就可以开始录音了，时间大约一分钟，说得快些可录下三四句话。然后就是“滴滴”的警报声，录音终止。录好音后，你捏捏玩偶的右手，机关被触发，玩偶就把刚才录下的声音播出来，好像一只忠实的鹦鹉。

简言之，这是一个微型的录音装置，可以录下短暂的留言，在必要的时候重复播放出来。

这玩具让我们老两口如获至宝。我忙不迭地说：“要这一个，再要那一个，对了，还要那边的一个……”

售货员是个爱说话的姑娘，她说：“您这是给孙子买啊？”

我和先生相视一笑，说，“是啊。快过六一了。”

售货员说：“您好福气啊，孙子好多啊。”

我说：“是啊是啊。买少了，分不过来，会打架喽。”

回到家来，我对先生说：“一会儿我在房间里自说自话，你不要大惊小怪。”

我关上房门，对着一个个玩偶录音。直到这时，我才发现自己有个致命疏忽，我不知道这几位地震截肢孩童的名字。想打电话去问，一看表，时间已经很晚了，负责联系的同志很可能已经休息了。

于是我决定先录下一般的问候，例如，“北川中学的小朋友，你好！北京欢迎你。祝你六一儿童节开心！”

如果明天我没有时间问孩子们的具体名姓再重新录制，就只有这样播出，我要做好两手准备。

我抱着玩偶不断地录，不断地听。刚开始没经验，话说得太多了，满腔关切还没倾诉完，“滴滴”声就毫不留情地掐断了我的问候语，只有重来。不料下一次矫枉过正，又说得太短了，时间上留有空白，显得热情不够。一番周折之后，时间上大致没毛病了，我又悲哀地发觉自己的声音太老迈了，完全不具备少年们喜爱的欢愉和活泼风格。

我决定改换风格，尽量把发音卡通化，走欢蹦乱跳的青春路线。不多时先生破门而入，惊愕地问：“毕淑敏，你没什么不舒服吧？”

我被吓了一跳，恼火道：“不是跟你打过招呼了吗？听到某种异常动静不要大惊小怪。”

先生说：“可这也太令人惊奇了。我认识你几十年了，从来没听过你用这种语调说过话。”

我不理他，专心干自己的活儿。半夜三更，总算配音这事完工了。

5月28日，我早早赶到了医院，真不错，大家还没来。我还能有一点时间完成计划。我把孩子们的名字写在手上，以防自己一紧张说错了。躲到医院的会议室里，把玩偶从精心买的礼品袋里取出来，再次一一为它们录音。

对着黑白相间的大熊猫玩偶，我说：“×××小朋友！你好！我也是从四川来的，从此咱们是好朋友！六一节快乐！”

“×××”，是这个截肢小朋友的名字。

我觉得呼唤一个人的名字，有一种特别重要的意义。那是在执拗地提醒一个存在，强烈地标明一种独立，象征一种至高无上的尊严，表达一份热切的期望。即使是对于一个非常幼小的孩子来说，名字也意味着这个世界上独属于他的精神意识。在咱们古老的传统里，受了惊的孩子要被父母反复呼唤名字来找回魂灵。

这一刻，我最遗憾自己嘴太笨，不会说四川话。若是小朋友听到乡音，一定备感亲近。

当我走进病房，第一眼看到这些孩子们的时候，尽管我当过八年军医，是总计有二十年医龄的大夫，尽管我对即将到来的残酷已经做了最大可能的思想准备，尽管我不停地对自己说：“毕淑敏，你不可以哭，为了孩子，你必须保持镇定，安之若素。他们需要从我们成年人身上看到力量，看到希望，所有的惊慌失措都不可饶恕……”可我还是错愕得肝肠寸断！我只有拼命调动起全部的精神，维持最基本的平静。

有一瞬间，我觉得躺在病床上的不是真实的孩子，而是一些白绸折叠起的布娃娃。因为只有在摔碎的布娃娃身上，我们才看到过这样的残缺。

可他们静静地凝视着我们，那轻轻的呼吸证明着生命的顽强存在。

这是被苦难凶残嚼碎的天使，又被仁爱之手拼缀起来的残缺的羽毛。

那黑若点漆的眸子，曾见过最暗无天日的深渊。

那纸般柔弱的身躯，曾背负过天崩地裂的塌陷。

那已永远离去的肢体，曾忍受过锥心刺骨的碾磨。

那跳动着的小小心脏，还要粘合多少次才能完好如初？

……

当我把录音玩偶拿给他们的时候，他们的眼睛闪过光芒。我托起他们的小手，让他们揿动机关，那手指细弱得像一截断筷。当他们听到从玩偶肚子里发出响亮的声音时，他们的嘴唇微微地上翘了。当玩偶说出他们的名字时，孩子们无比惊奇地睁大了眼睛。当玩偶说出祝福的话语时，孩子们终于悄无声息地微笑了。

近在咫尺。这是我一生所看到的最为缓慢的笑容，无比脆弱，像一个个企鹅的蛋在冰天雪地经过长久的孵化，终于探出小小的额头。然而这微笑又如此强韧，一经绽放，它就动人心魄地灿烂起来，携带着抵挡不住的力量。

我匆匆走出了病房，因为我再也控制不了滚滚而下的泪水。不是因为他们的悲惨，而是因为他们的坚强。

负责对孩子们进行心理治疗的协和医科大学杨霞研究员说，孩子们正在不断地康复中。她讲道："其中一个小姑娘说，'马上就要到六一儿童节了，我们少年儿童要……'

"话说到这里，小姑娘突然改口了，说：'我们残疾少年儿童要……'"

这是多么感人至深的改口啊!

从5月12日14时28分他们被埋入废墟开始，黑暗中的煎熬，肉体的断裂，目睹同学在眼前死去，饥寒交迫，截肢，感染，创伤，高烧，颠簸……这无尽的苦难铺成了怎样一条血肉模糊的路啊。小姑娘却用没有腿脚的下肢走过来了，留下一串串透明的小小脚印。她完成了从震惊、恐惧、否认、愤怒、孤独、抑郁到"接受现实"的阶段，她走得多么快啊，像一缕旷野中的清风，其速度是我们成年人都追赶不上的。

她还会有很多反复，很多磨难，但是，她的微笑告诉我们，这一切都会一页页翻过去，直到新的篇章展开。

我要出发到四川去，到绵阳去。6月1日，在北川中学有一场演讲。

先生说："绵阳是一座危城，余震、堰塞湖时有发生。如果发生了溃堤，你是第一批还是第二批撤离呢？”

我说：“你不用担心。我想和你说的只有一句话，万一发生了什么事，比如我死了（本来我想用‘牺牲’这样庄严的字眼，又一想，一介草民没那么高尚，还是老老实实地说‘死’吧。简单明了），不管死相多么惨，这可不是我的责任，我也管不了那么多了。就算成了警匪电影中常说的那句‘让你死得很难看’，我也无能为力了。我要告诉你的就是——请你坚信我在最后时分一定很安详，因为这是我愿意做的事。因为我已尽力。”

客串一把希望

人的许多遭遇，来源于多管闲事。

我和中央人民广播电台的胡导演只是泛泛之交，听说她想搞一台与希望工程有关的节目，也是左耳听、右耳冒，并没有怎样放在心上。后来我无意中得知北京西苑饭店有一个关于希望工程的活动，就鬼使神差地给她打了一个电话。

我告诉她："北京西苑饭店把预备搞店庆的20万元拿出来，捐助了希望工程。这还不算，他们的1000多名职工，每人又捐了300元钱，凑起来就是50多万了。他们要在河北张家口最贫困的坝上草原找一个最偏远的乡村建一所希望小学。明天他们正好有车去勘察校址，不过车已安排满了……"

"哎呀呀，太好啦！"我话还没有说完，就被胡导演激动地打断了，“太好了，我一定要跟去采访。请帮我再联系一下，就说你将跟我一起去。如果你不肯帮我，我就一个人去：先坐火车到张家口，再转长途汽车，一定要跟踪采访。我是真想为贫困地区的孩子们做点事，让更多的人知道那里的真实情况……”

我被她破釜沉舟的勇气吓了一跳。要知道她已是五十多岁的老妇人了，还得过癌症。

我做过许多年的医生，对病人有一种与生俱来的悲悯情感。忙说：“胡导您别急，我虽说跟饭店也不很熟，但我马上给他们打个电话，再试试。”

西苑饭店答应了我们的请求。第二天清晨，我和胡导演裹着厚厚的羽绒服，挤进人满为患的面包车，蜷缩在最后一排，开始了漫长的“坝上之行”。

河北北部和内蒙古高原接壤的广袤草原，俗称“坝上”。坝，其实只是一道小小的棱坎，但在它之北，地势猛然抬高，这就成为富裕平原和苦寒高原的分水岭。

“这里的水没被污染，矿泉水一般，空气也很清新。”我对身旁当地向导说，竭力找出坝上的优点。

“张家口穷啊。13个县里有10个是国家级的贫困县，年人均收入不高，这都是和水有关系的啊。张家口在北京的上风头，北京人吃的水都是打张家口这搭子流下去的。为了保证首都人民能喝到一盆净水，张家口不能建任何耗水量巨大和有污染的工业。没有工业，张家口就穷啊！俺们心里说，北京人是要喝水，可张家口人也要吃饭啊……”

向导愁苦的话，使我和胡导作为北京人，汗颜不止。

我们来到一所小小的山区学校。解放前是旧庙，供的是送子娘娘。四十多年过去了，这里残垣断壁、四处漏风，窗户上没有玻璃，糊着黄脆的报纸，桌椅都是由破板条钉成的，叫人不敢贸然坐下。

胡导拿出她的武器——日本索尼公司出品的采访专用机，据说值几万块钱，灵敏得连头发丝飞舞的声音都可记录在音带上。

我这才知道胡导要的是连续性的广播特写剧。简言之，就是一切必须是真人真事，但不借助文字，不借助画面，全凭各种真实的声音来传达主题，塑造人物。

我真不知道世上还有这般受制约的艺术形式，简直就是一种盲人的认知方式，全靠耳朵了。

于是胡导工作的程序独特而有趣。

她用树枝把鸡鸭赶得一路鸣叫不止，用石块把狗打得昂首狂吠，用干草引诱小羊咩咩地哼……就是要录下农村的音响。在水井边，录下辘轳旋转的频率和水桶“扑通扑通”的节奏，在牲口圈里录下骡子、马嚼料的动静。当然她录得最多的是孩子诉说无钱读书时的呜咽，录下课堂里孩子们琅琅背书声，录下西苑饭店人们为寻找校址在雪地的跋涉声，录下一个从未走出过小山村的女孩对外面世界的向往……胡导甚至使劲推一把那摇摇欲坠的破课桌，让它发出可怕的“吱呀”声，把窗户上的报纸的破洞撕得大一些，让风的呜叫显得更为凄厉……

我帮不上忙，只有好奇地观看。胡导对人物和声音的要求简直到了苛刻的地步。比如一个农村男孩说他的妈妈被人贩子拐走了，自己要好好读书，长大了要把妈妈找回来……我以为已经很精彩。胡导搓着因为拎机器被冻僵了的双手说：“我还想让他唱一首歌，就是《世上只有妈妈好》。到时候把他的故事和他的歌一道播出来，一定会有催人泪下的效果……”

主意当然不错，实施起来却很困难。那个孩子倒是会唱这首红遍中国的儿歌，可怯场认生，对着胡导像警棍一般的录音话筒，哆哆嗦嗦地连气都喘不匀，更甭提唱歌了。胡导软硬兼施，搬来孩子的老师启发诱导，但小家伙双唇紧闭，一副宁死不屈的架势，再逼得急了，眼圈就红了。

我不忍看着孩子受煎熬，就说：“胡导，差不多就行了。”

胡导说：“作家，你身上带着什么好吃的、好玩的东西没有？”

我说：“我被你拉着从北京‘仓皇出逃’，实无一点多余的物资可供你施以收买之计。”

胡导不死心说：“请清仓挖潜。你既身为作家，笔总是有一支的吧？”

我只好说：“那倒是有的。”

她说：“请借我一用。”

胡导拿了我的笔，拔掉笔帽，把笔尖像火炬似的在孩子眼前晃啊晃。

“你唱一支歌，我就把这支笔送给你。”胡导对山里的孩子说，那神情就像当年的日本鬼子诱骗我儿童团员，急不可耐。

孩子的眼光嗖地亮了。

“好，我唱。”他耸着通红的小鼻子说。

那支他从未见过的精美的签字笔，极大地诱惑了贫困中的孩子，欲望战胜了恐惧，他大声地唱起来。

“世上只有妈妈好，没妈的孩子像根草……”稚气而略带凄楚的歌声在寂寞的草原上流动。

质量精良的磁带平稳地转动着，这个北中国要读书去寻找妈妈的孩子的歌声，就永远地储存下来了。在未来的日子里，会有许许多多的人，通过电波听到他的歌声，也许他的妈妈也会听到的。

为了录下村民关于建造希望小学的反响，胡导把老的、小的、男的、女的……上至八十岁的老媪，下到学龄前的顽童，都请到她的机器前，方方面面很有代表性了，胡导却皱着很疏淡的眉毛说：“不典型。有什么音响能叫人一听就知道这里是极偏远的农村呢？”

她牵着我无目的地在村里走来走去，推开每一座低矮的柴门。可惜乡亲们都操着一样的方言土语，除了感激再说不出其他的话。

我几次劝她就此打住，胡导置之不理。终于在一间小屋前，她大叫一声，说：“总算找到了！”

我们走进一间店铺，铁锹、铁锄、铁斧、铁铧犁堆积一地，叮当乱响，艳红的炉火将老铁匠的脸镀上金箔。真是踏破铁鞋无觅处，得来原在“铁匠铺”啊!

胡导乐得手舞足蹈，录下了风箱的轰响声，淬火时的炸裂声，铁锤与铁砧击打时的铿锵之音……在这独特的背景音乐下，老铁匠一板一眼地说：“人人都在念叨修学校的事啊。好啊，修了学校，庄户孩子有了学问，就能出贵人，做大官。官人回家时就修桥修路。穷山沟就有了指望、就有了盼头了。”

出了铁匠铺，我说：“这回您该满意了吧，胡导。”

胡导笑眯眯地说：“满意了。可是还得找，小山村的潜力大着呢！”

我们疲惫不堪地继续“侦察”，终于又发现了一家小杂货铺。老板娘把卫生球一样坚硬的水果糖“当”的一声扔进铜制的秤盘里，节奏脆得像子弹落地；醋灌进坛子的动静颇像有人溺水的“咕咚”声；红糖落在旧报纸卷成的圆锥形包装袋里，其响声恰似孩童堆的沙塔缓缓地倒了……

老板娘快人快语：“读书好啊，在家里能算个账，上了街能认识男女厕所，进饭馆别人骗不了你，遇着事多个脑瓜子，打官司都比别人能赢呢……”

胡导与老板的小儿子对话。

“你上了学以后打算干什么啊？”

“挣钱。多挣钱。”

“挣钱干什么呢？”

“盖房子，娶媳妇，过日子。”只有水缸高的男孩说。

胡导不是那种很漂亮的女人，但是似乎有一种魔力，使人觉得亲切，不知不觉就信任她、说真话。

我悄悄问胡导：“您套了别人这么多的肺腑之言，以后会如实播出吗？”

她说：“当然要播出了，这多么真实！”

晚上，我们回到县上简陋的招待所，被冷如铁。我看到胡导身上的刀疤。她是中晚期乳腺癌，手术将一侧的乳房全部扫荡，肋骨也挖掉了几根。两次手术的刀口加起来足有2尺多长。

在这种病魔摧残过的废墟面前，做过多年主治医师的我，心也欷歔。

以后的采访大体如故，只是路越发难走，气候越发寒冷了。饭就在老乡家吃，看得出主人拿出了最好的食品招待我们。主食是土豆，熬的菜也是土豆，只不过比前者多了一把盐。

终于搜集到了足够的素材，可以返回北京了。我们坐在吉普车里，车外零下十几度仍然把双脚冻得发木。

开到坝上的山口，胡导突然大叫：“停车！”

司机慌得一脚踩死刹车，以为胡导把何种宝贝遗忘在身后的乡村了。

胡导却不说话，只是神秘地竖起一根手指，说：“你听。”

车窗外的风声，像一万只豺狼呼啸。

司机说这是坝上最著名的风口。

“我们去录风。”胡导矫捷地抱着索尼工作机就要下车。

我忙拦住她，说：“您在村子里不是已经录过风了吗？再说，你们台里的音响资料室难道没有储存形形色色的风声吗？实在不行，找个口技演员，他可以用嘴巴吹出最诡谲、最悲怆、最豪放的风啊！”

胡导正色道："特写必须绝对真实。坝上的风和哪里的风都是不一样的。你在车上吧，我一个人就行了。"

她说着跳下车。风像武林高手劈头打得她一个趔趄，索尼工作机窄细的皮带，狠狠勒进她缺了几根肋骨的胸部。

我立即相跟下车。

风打得人双泪直流，我们跪在地上录卷地而过的风。把话筒高举过头，录横空肆虐的风。胡导高兴至极，说："这是多么好的风啊！"

塞外的风像透明的骏马，奔腾而来。我们录下了风对大地无情的鞭打，风对万物不屑一顾的摇撼，风狂怒的咆哮与无情的叹息。

走回汽车的时候，我们像一对僵硬的大木偶，双腿已全然失去知觉。

在北京街头分手的时候，胡导真诚地向我道谢。

我以为和胡导从此在京城的茫茫人海中再难以相逢，不想第二天就接到了她的电话。

"毕作家，你还得到我这里来一下。"她还是那种运筹帷幄的口气。

"什么事？一切不都已经结束了吗？"我大惑不解。

"是啊，已经有了结尾，可是我们还没有开头呢。我需要一个精彩的开头，就用你当时给我打的那个电话吧。所以得请你到广播电台来一下，我们补录一遍这次采访的开端。这样吧，明天早上9点，我在中央广播大厦的门前等你。好，我们不见不散啊！"

面对着已经挂断了的电话，你有什么办法？导演有一种震慑、指挥别人的才能，你除了服从，无可奈何。

这座原属于“北京十大建筑”之一的辉煌建筑已经陈旧，但仍有一种宏大的气势。录音间四周都是米色的隔音板，端坐其中，有钻进樟木箱子的感觉。灵敏度极高的设备，记录得下你喉咙深处的颤动。

“喂，是中央人民广播电台吗？您好。请找一下胡导演。”

“我就是。您有什么事？”

……

我们一遍又一遍地模拟那一天打电话的情形，直到口腔的唾沫干涸，胡导还是不满意。

她谆谆告诫我：

“你的声音太大了，哪里像是打电话，简直就是讲演。不行，重来。

“这一次的音量又太小了，好像鬼鬼祟祟的。重来。

“太一气呵成了啊。不自然，一听就知道是有备而来的，不真实啊。重来。

“这一回你怎么结巴起来了？你害什么怕呢？作家应该是很有风度的啊！重来。”

我没好气地说：“我哪里是作家，不过是一个不称职的群众演员罢了。”

胡导哈哈地笑了，说：“就算是你为了希望工程客串了一把吧。好，我们再重来！”

谢天谢地，在筋疲力尽之前，我终于让导演满意了。

再次分手的时候，我由衷地说：“希望永远不要见到您。胡导！”胡导微笑着说：“我还要采访西苑饭店，咱们还真难得见面了。不过你可要记住，到时每天中午‘午间半小时’后，中央人民广播电台将连续五天播出广播特写《一千零一个希望》，你到时候记着打开收音机听就是了。用不着相见，广播剧是耳朵的艺术。”

那一天中午，我按时打开收音机。坝上草原震人魂魄的风雪声扑面而来……

流露你的真表情

学医的时候，老师问过一道题：“人和动物在解剖形态上的最大区别是什么？”

当学生的争先恐后地发言，都想由自己说出那个正确的答案。这看起来并不是个很难的问题。

有人说：“是站立行走。”先生说：“不对。大猩猩也是可以站立的。”

有人说：“是懂得用火。”先生不悦道：“我问的是生理上的区别，并不是进化上的。”

更有同学答：“是劳动创造了人。”先生说：“你在社会学上也许可以得满分，但请听清我的问题。”

满室寂然。

先生见我们混沌不悟，自答道：“记住，是表情啊。地球上没有任何一种生物有人类这样丰富的表情肌。比如笑吧，一只狗再聪明也是不会笑的。人类的近亲猴子勉强算作会笑，但只能做出龇牙咧嘴一种表情。只有人类，才可以调动面部的所有肌群，调整出不同的笑容，比如微笑，比如嘲笑，比如冷笑，比如狂笑，以表达自身复杂的情感。”我在惊讶中记住了先生的话，以为是至理名言。

近些年来，我开始怀疑先生教了我一条谬误。

乘坐飞机，起飞之前，每次都有空姐为我们演示一遍空中遭遇紧急情形时，如何打开氧气面罩的操作。我乘坐飞机凡数十次，每一次都凝神细察，但从未看清过具体步骤。空姐满面笑容地屹立前舱，脸上很真诚，手上却很敷衍，好像在做一种太极功夫，点到为止，全然顾及不到这种急救措施对乘客是怎样的性命攸关。我分明看到了她们脸上悬挂的笑容和冷淡的心的分离，升起一种被愚弄的感觉。

我有一位相识许久的女友，原是个敢怒敢恨、敢涕泪滂沱敢笑逐颜开的性情中人。几年不见，不知在哪里读了淑女规范言行的著作，同我谈话的时候身子仄仄地欠着，双膝款款地屈着，嘴角勾勒成一个精致的角度。粗一看，你以为她时时在微笑，细一看，你就捉摸不透她的真表情，心里不禁有些发毛。你若在背后叫她，她是不会立刻回了脸来看你，而是端端地将身体转了过来，从容地瞄着你，说骤然回头会使脖子上的肌肤提前衰老。

她是那样吝啬使用她的表情，虽然她给你一个温馨的外表，却没有丝毫的温度。我看着她，不由得想起儿时戴的大头娃娃面具。

遇到过一位哭哭啼啼的饭店服务员，说她一切按店方的要求去办，不想却被客人责难。那客人匆忙之中丢失了公文包，要她帮助寻找。客人焦急地述说着，她耐心地倾听着，正思谋着如何帮忙，客人竟勃然大怒了，吼着说："我急得火烧眉毛，你竟然还在笑。你是在嘲笑我吗？"

"我那一刻绝没有笑。"服务员指天咒地对我说。

看她的眼神，我相信是真话。

"那么，你当时做了怎样一个表情呢？"我问，恍恍惚惚探到了一点头绪。

"喏，我就是这样的……"她侧过脸，把那刻的表情模拟给我。

那是一个职业女性训练有素的程式化的表情，眉梢扬着，嘴角翘着……

无论我多么同情她，我还是要说，这是一张空洞漠然的笑脸。

服务员的脸已经被长期的工作，塑造成她自己也不能控制的状态。

表情肌不再表达人类的感情了，或者说它们只表达一种感情，那就是微笑。

我们的生活中曾经排斥微笑，关于那个时代我们已经做了结论。于是我们呼吁微笑、引进微笑、培育微笑，微笑就泛滥起来。荧屏上著名和不著名的男女主持人无时无刻不在微笑，以至于使人不得不产生疑问，我们的生活中真有那么多值得微笑的事情吗?

微笑变得越来越商业化了。他对你微笑，并不表明他的善意，微笑只是金钱的等价物。他对你微笑，并不表明他的诚恳，微笑只是恶战的前奏。他对你微笑，并不说明他想帮助你，微笑只是一种谋略。他对你微笑，并不证明他对你的友谊，微笑只是麻痹你的一重帐幕……

这样的事见得太多之后，竟对微笑的本质怀疑起来。

亿万年的进化，我们的身体本身就成了一本书。

人的眉毛为什么要如此飞扬，轻松地直抵鬓角?那是因为此刻为鏖战的间隙，我们不必紧皱眉头思考，精神得以豁然舒展。

人的上眼睑肌为什么要如此松弛，使眼裂缩小，眼神迷离，目光不再聚焦？那是因为面对朋友，可以放松警惕敞开心扉，放松自己紧张的神经，不必目光炯炯。

人的口角为什么上挑，不再抿成森然一线？那是因为随时准备开启双唇，倾吐热情的话语，饮下甘甜的琼浆。

因为快乐和友情，从猿到人，演变出了美妙动人的微笑，这是人类无与伦比的财富。笑容像一只模型，把我们脸上的肌肉像羊群一般驯化了，让它们按照微笑的规则排列，随时以备我们心情的调遣。

假若不是服从心情的安排，只是表情肌机械的动作，那无异于噩梦中抽筋，除了遗留久久的酸痛，与快乐是毫无关联的。

记得小时候读过大文豪雨果的《笑面人》，一个苦孩子被施了刑法，脸被固定成狂笑的模样。他痛苦不堪，因为他的任何表情，都只能使脸上狂笑的表情更为惨烈。

无时无刻不在笑——这是一种刑罚，它使“笑”这种人类最美丽最优美的表情，蜕化为一种酷刑。

现代自然没有这种刑罚了。但如果不表达自己的心愿，只是一味地微笑着，微笑像画皮一样黏附在我们的脸庞上，像破旧的门帘沉重地垂着，完全失掉了真诚善良的原始含义，那岂不是人类进化的大退步，大哀痛。

人类的表情肌除了表达笑容，还用以表达愤怒、悲哀、思索、惆怅以至绝望。它就像天空中的七色彩虹，相辅相成，所有的表情都是完整的人生所必需的，是生命的元素。

我们既然具备了流泪的本能，哀伤的时候就该听凭那些满含盐分的浊水淌出体外。血脉贲张、目眦俱裂，不论是为红颜还是为功名，未必不是人生的大境界。额头没有一丝皱纹的美人，只怕血管里流动的都是冰。表情是心情的档案，如果永远只是空白，谁还愿把最重要的记录留在上面?

当然，我绝不是主张人人横眉冷对。经过漫长的隧道，我们终于笑起来了，这是一个大进步，但笑也是分阶段，也是有层次的。空洞而浅薄的笑如同盲目的恨和无缘无故的悲哀一样，都是情感的赝品。

有一句话叫作“笑比哭好”，我常常怀疑它。笑和哭都是人类的正常情绪反应，谁能说黛玉临终时的笑比哭好呢?

痛则大悲，喜则大笑，只要是从心底流出的对世界的真情感，都是生命之壁的摩崖石刻，经得起岁月风雨的打磨，值得我们久久珍爱。

倾听天下的声音

一、倾听天下声音

索伊拉笔下的孩子，看到了那么丰富多彩的世界。我相信，其实你我都看到过蚂蚁搬家、蝴蝶飞舞……儿时的记忆与此有着千丝万缕的关联，也由此得到种种激动和快乐。

从什么时候开始，记忆中的这一切都被漂得褪了色？我们迎接蚂蚁的快乐眼神，换成了冷冰冰的杀虫剂。

我们慢慢长大，蚂蚁仍是原样。蚂蚁和蝴蝶对心灵的影响始终存在。成长中，我们被告知倾听蚂蚁的声音是一种愚蠢，因此产生感动就加倍愚蠢。于是我们渐渐堵了自己的耳朵、蒙了自己的眼睛、封锁了自己的心……

倾听天下的声音，几乎成了儿童的专利。多希望孩子可以长大，但倾听永不消失。

二、顶楼的房客

每个人的心底都有一座楼。楼不高，只有矮矮的几层，可它非比寻常。你用什么奠定它的基石？你用什么修葺它的墙壁？你用什么涂抹它的房顶？你用什么装饰它的回廊？最重要的是，它的房间里住着怎样的房客。

这座楼就是我们的良心啊。不要小看了这座楼，它主宰着我们的思维和行动。尤其是顶楼的位置，如同航空母舰的舰长室，具有一呼百应的威严。

在人类进化的过程中，不但有越来越发达的科技，也积累了宝贵的精神财富，这就是善良、勇敢、诚实、坚定、柔韧、助人为乐、百折不挠等高贵的品质。把这双份的遗产传承下去，是人类得以发展和进步最基本的保证。

是谁住在你的顶楼？请检查一下你的房客的身份证，确认谁是你的司令官。

三、童年画

在我们的印象里，童年像什么呢?

它可能是油炸薯条的味道，也可能是雨后青草的呼吸。它可能是琅琅的读书声，也可能是赛场上迸发的呐喊。

我猜想，即使是哲学家，他的童年也不会只有无止境的思索。即使是科学家，他的童年也充满着风和树的影子。

当爱因斯坦做出一个歪歪扭扭的小凳子，当爱迪生趴在稻草上准备孵鸡蛋，那种时刻的快乐，该不会比他们创立“相对论”和发明灯泡时少吧？

岁月把苦难酿成了感动，贫困时的相濡以沫变成了温暖。回望童年，才会愕然发现，深藏在记忆里的风景不用刻意思考，存在就是快乐。

四、家比天大

我们看到很多回忆父母的文章，被深深地感动。因为这是世界上最纯粹、最无功利的爱，一如月亮洒向大地的清辉。中国有句古话，叫作“儿不嫌母丑，狗不嫌家贫”，我对狗没有研究，不敢妄说，前半句觉得几分不确，似可改成“母不嫌儿丑”。

家肯定是没有天大的，但在孩子的眼里，家就是一切，父母就是一切。孩子越小，家就越大，当孩子长大之后，家就渐渐地小了，天就真正地大了起来。孩子从家中走出，头上是蔚蓝的天空。

五、爱的阶梯

善良的爱，悲哀的爱，广博的爱，狭隘的爱……形形色色的爱，构成了我们的生活。

爱，究竟是什么？

我把爱分成了血缘之爱和非血之爱。前一种爱包括父爱、母爱、爷爷爱、姥姥爱……因为是亲人，因为有血脉相连，这爱有纯天然的成分在内，范围总是有限的。还有一种更宏大的爱，爱和你没有血缘关系的人，爱大自然，爱历史，爱动物，爱植物，爱地球，爱一个路边等车的陌生人……

并不是说前一种爱就不宝贵，那是真爱的核心。试想一个连自己的父母都不爱的人，何谈爱祖国和他人！但后一种爱，有着更辽阔的覆盖。

六、终身制职业

我是谁？所有的人，无论是男人还是女人，无论是孩子还是成人，都会这样问自己。

人们通常用属加种差的方法来认识问题。比如说，一个正直的人。首先，他是一个人。其次，他与众不同的地方在于他的正直。

据说女娲造人的时候，先是用泥土将人一个个捏出形状，所以每个人都是不同的。这样操作很辛苦速度也很慢，女娲就开始用绳子甩泥，溅落的泥点子被太阳晒干后，也变成了人。按说这后一种人该是一模一样的吧？细细想来，也不同。绳子甩动的方向，女娲用力的大小，还有泥巴的稀稠都有差异，甩制的泥人也各有特色。虽是传说，但我们每个人都是独一无二的个体，这一点毫无疑问。

发现自我，是我们一生的工作。

七、最初的乾坤

一无所知的孩子在课堂上常常闹笑话，他会追着老师问很多在他日后看来忍不住发笑的问题。

但正是在这些问题里，他逐渐成长。他学会了如何思考、如何做事。更重要的，他学会了如何待人。从最早的一个只会面对家人的个体，成长为另一个可以从容面对他人的个体。这种变化令人惊喜。

学校，是第一个对孩子进行社会化训练的专门场所。你最初的理想和最初的愿望，你最初的友谊和最初的失落，你最初的爱戴和最初的惆怅可能都诞生在那里。那里有你童年的纪念碑，那里是你最初的乾坤。

八、说师

对于孩子，老师很神秘，老师知道学生所不知道的东西。老师很强大，他能够不着痕迹地鼓励或是打击一个孩子，在他生命的年轮中刻下痕迹。

有一位老师对我说："有一个孩子很顽劣，几乎不可救药了。"我说："我给你开一个方子，请你连着表扬他五天。"老师说："他基本上没什么优点。"我说："我不相信世上会有没有优点的孩子。"老师若有所思地走了，她在课堂上连着表扬了那个孩子五天，后来，那个孩子大变。

得到老师的关注是幸福的。优秀的教师，他不想去影响别人，却总能够影响人的一生。

九、修建你的灯塔

生命是什么？草履虫是生命吗？杨树叶是生命吗？如果这些

都不是，那什么才是生命？

生命，并非简简单单的生理现象。它包含着善与恶，包含着思考，包含着自己，也包含着他人。

生命是美好而斑斓的。挫折是常常有的，快乐也是常常有的。你不要听信那些把生命说得太美好的童话，相信人生有苦难的人才会更懂得幸福。

为你的生命确立一个意义，它是灯塔。我知道父母告知过你生命的意义，我也知道老师向你灌输过生命的意义。他们说得都没有错，但这一次，我请你忘记他们的话，自己为自己确立一个生命的意义。当然，那个最终的答案，也许和老师、父母不谋而合，但这个灯塔是你自己修建起来的，你是自己的工程师。

以后的事，就是向着你的灯塔微笑，坚定不移地前进。

十、古老的道理

荷马和伊索，两位著名的古希腊作家。他们的作品至今仍被视为经典。

只是荷马以长篇史诗《伊利亚特》和《奥德修纪》而闻名。这两部作品均是万行长诗，而伊索以短短的寓言为世人所认识。长短悬殊的作品都跨越时间的星空，至今仍在敲打我们的耳鼓。这是为何？

长存的原因在于其中古老的道理。比如珍惜自由，比如戒骄戒躁，比如谦虚谨慎，比如平等与爱……这种对精神闪光点的浓缩，是它们常读常新的原因。思考的人们，总能从寓言中找到适合自己的东西。

少年人，你读懂寓言的那一天，证明你已长大。

十一、一定得找人去把星星擦亮

我们的先民，在还没有文字的时代过着艰苦而散淡的日子。他们的文字就是石洞壁上一幅幅的岩画。岩画所代表的含义，构成了他们的语言。

先民用岩画诠释世界，现代人用漫画诠释世界。或许在某种程度上，上帝在人们修建巴比伦塔时的担心，今天终于成了现实，漫画这种载体让全世界人的语言达成了一致。

我喜欢“把星星擦亮”的奇思妙想。只是，找谁呢？就找我们自己吧。

十二、规则如铁如水

这是一些有关规则的小故事。

每个人都生活在社会中，都同身边的人发生着种种互动。互动不是乱动，要有规则。规则是人制定的，却不能由人轻易地打破，否则，就是“没有规矩，不成方圆”了。人们在受惠于规则的同时，也常常被它的刻板所桎梏，这也许就是规则的两重性吧。

还有一些规则，是心照不宣、潜移默化的。比如，在饭桌上，如果有长者，无论你怎样饥肠辘辘，也要先给长辈盛饭……人们都很自然地遵守着它，规则已融入了我们的文化。

规则有的时候像铁一般坚硬，违背了它就是困境和死亡。规则有的时候如同温泉一般暖和，因为它来自公平的泉眼。在受到规则的关怀时，你不必感谢任何人，你只需心安理得地接受规则。在受到规则的约束时，你不必怨恨任何人，只有义无反顾地服从规则。

十三、试卷上没有诗歌

每年的高考试卷上，作文一栏（不管是大作文还是小作文），都会写着“体裁不限，诗歌除外”的要求。出卷子的老师出于种种考虑，在卷面上剔除了诗歌，但我们在日常的学习中，可千万不要怠慢了诗歌。

诗歌是最古老的艺术，我相信祖先们在完全不知道议论文是什么东西的时候，已在熟练地吟诗作赋了。诗歌是灵魂的伴侣，那些精美的词汇、那些神奇的想象、那些让我们心旌动荡的激情、那些清脆如玉石碰撞的音律都在诗歌中蛰伏着，等待着你的唤醒。

即便考试的卷子上没有诗歌，也请你在春天的早晨读一首好诗。我担保，那一天你会心旷神怡。

十四、心之四季

地球的产生到今天大约已经有五十亿年了。这期间地球每围绕太阳转一周，很多地方就会产生一次四季更替。春之风，夏之花，秋之月，冬之雪……在无法进行深入思考的动物那里，即使它因为秋高气爽而感到惬意，也不会对美景产生感动。在它眼中，秋天的全部意义就是果子熟了，要准备过冬了。当人意识到秋天不仅仅意味着粮食，那朦胧的一切才进入审美的领域。

由于有了人心的思考，这种种景色才呈现出了如今的绚丽。

离开沉思的人心和敏锐的瞳孔，四季什么都不是。

十五、永恒伙伴共享地球

城市里已经很少看见动物了。即使能看到，也是诸如困在笼子里的鸟，不停地在转筒上奔跑的金丝熊，脖子上拴着厚重皮带的狗，说实话，它们还能算真正的动物吗？

记得一位哲人说过，看一个人怎样对待动物，我们就可以知晓他是一个怎样的人。动物有动物的世界，人有人的世界，当这两个世界交织在一起的时候，就有很多有趣的故事发生。人常常以为自己是地球的主人，其实，人是和动物、植物，还有山川河流共享一个地球，大家都是主人。只有在大自然的怀抱里，动物才能依照它们的天性奔跑、跳跃、玩耍、捕猎……

人和动物是永恒的伙伴。如果动物全部消失了，人活着，还有什么乐趣!

十六、超越光速的跳跃

宇宙间最快的东西是什么？是光？每秒30万公里。

不。不是光。宇宙间最快的东西是思维。只有思维才可以真正做到瞬息千里。意念一动，数千光年外的物体也会在我们想象中浮现，几千年前、几万年后的事情，也会在脑中翩翩起舞。这速度远远超越了光速。

想象是思维的翅膀。人最宝贵的能力之一就是神奇的想象。古代人的想象就成了神话，现代人的想象就成了科幻。科学家的想象能上天入地，文学家的想象能缔造世界。当我们阅读充满了想象的文字的时候，会有鹰击长空、鱼翔浅底的快意。

最神奇的当属孩子们的想象，在那里，所有的一切都会发生，因为他的思维走在了光的前面。

十七、幸福如苹果

小时候，我们盼望快快长大。我们觉得，那就是幸福。

上学后，我们盼望考试都得 100 分。我们觉得，那就是幸福。

大学毕业了，我们盼望有个好工作。我们觉得，那就是幸福。

工作了，我们忽然发现，生活并不幸福。

幸福，究竟是什么？

把人生凝固成一个苹果，用时间的刀锋将它切开。哦，终于发现，在苹果的最深处，藏着一个星星一般的核，这就是苹果的心脏，所有的果肉都围绕着这颗星星成长。幸福也有大抵如此的规律，当你围绕着一个目标奋斗的时候，你才会感受到幸福。

关于幸福，无数的人给出了无数答案。你可以全盘接受，也可以另辟蹊径。归根到底，幸福是一种真切的感觉。你幸不幸福，只有你自己知道。祝自己幸福，也助别人幸福，这就是人生的大幸福，这就是终极的幸福。

图书在版编目（CIP）数据

预约幸福 / 毕淑敏著. — 长沙：湖南文艺出版社，2012.11
ISBN 978-7-5404-5584-2

Ⅰ.①预… Ⅱ.①毕… Ⅲ.①散文集—中国—当代 Ⅳ.① I267

中国版本图书馆 CIP 数据核字（2012）第 094031 号

上架建议：名家经典 | 散文

预约幸福

作　　者：毕淑敏
出 版 人：刘清华
总 策 划：谢不周
创意推广：帝瑚文化传播有限公司
责任编辑：丁丽丹　刘诗哲
监　　制：张应娜
特约编辑：丁　健
封面设计：耶律阿宝猪
版式设计：共振设计
出版发行：湖南文艺出版社
（长沙市雨花区东二环一段 508 号　邮编：410014）
网　　址：www.hnwy.net
印　　刷：三河市华东印刷有限公司
经　　销：新华书店
开　　本：880mm × 1230mm　1/32
字　　数：156 千字
印　　张：8
版　　次：2012 年 11 月第 1 版
印　　次：2020 年 7 月第 5 次印刷
书　　号：ISBN 978-7-5404-5584-2
定　　价：28.00 元

（若有质量问题，请致电质量监督电话：010-84409925）